Uwe Goeritz

Ein besonderes Praktikum

Bibliografische Information der Deutschen Nationalbibliothek:

Die Deutsche Nationalbibliothek verzeichnet diese Publikation in der Deutschen Nationalbibliografie; detaillierte bibliografische Daten sind im Internet über http://dnb.dnb.de abrufbar.

Coverfotos: OpenClipart-Vectors und
                MagicDesk auf Pixabay

Covergestaltung: Uwe Goeritz

Herstellung und Verlag: BoD – Books on Demand, Norderstedt

ISBN: 978-3-7528-4866-3

Inhaltsverzeichnis

Ein besonderes Praktikum

_E_ndlich hat Birgit die lang ersehnte Stelle bekommen. Nur noch ein Praktikum über vier Wochen steht zwischen der jungen Frau und dem Job. Nun muss sie zeigen, was sie in der Umschulung gelernt hat, aber ihr mangelndes Selbstvertrauen steht ihr da gehörig im Weg.

Da trifft es sich gut, dass Herr Lehmann ihr hilft und sie bei einem Projekt unterstützt. Mit seiner Hilfe schafft sie es und damit ändert sich auch in ihrem Privatleben so einiges. Birgit wird vom hässlichen Entlein, das mit sich und ihrem Körper unzufrieden ist, zu einem schönen und stolzen Schwan.

Diese Erzählung kann Spuren von Sex enthalten und sollte daher Jugendlichen unter 16 Jahren nicht zugänglich gemacht werden. Sämtliche Figuren, Firmen und Ereignisse dieser Erzählung sind frei erfunden. Jede Ähnlichkeit mit echten Personen, ob lebend oder tot, ist rein zufällig und vom Autor nicht beabsichtigt.

1. Kapitel

Verbotene Träumereien

Seine Finger streichelten ihre Wange. Diese Berührung schien nicht von dieser Welt zu sein. Birgit konnte keine Bewegung mehr machen. Alles in ihr war erstarrt. So wie auch die Zeit erstarrt zu sein schien. Langsam glitten seine Hände an ihrer Wange herab und streiften ihren Hals. Wie in einem inneren Zwang musste sie sich seinen Fingern entgegen drücken. Sie sah ihm in die Augen und ihre Blicke verschmolzen dabei. Weder er noch sie konnten den Blick voneinander abwenden.

Ein Kribbeln auf ihrer Haut folgte seinen Berührungen. Knopf für Knopf öffnete er ihr die Bluse und wenig später rutschte das Kleidungsstück über ihre Schultern zu Boden. Der BH folgte. Ein noch nie empfundenes Gefühl begann durch ihren Bauch zu strömen und ging von dort aus auf die Reise.

Wenige Wimpernschläge später konnte sie es überall in ihrem Körper spüren. Heiß durchrollte sie die Welle. Als seine Hände zu ihrer Brust glitten, da hörte sie ein piepsendes Geräusch, welches immer lauter wurde. „Nicht jetzt!", schrien ihre Gedanken, doch der Mann löste sich buchstäblich vor ihr auf. Alles versank im Nebel, aus dem sie wenig später erwachte.

Es war nur ein Traum gewesen, aber so realistisch, dass sie immer noch diese Wärme in sich spüren konnte. Das Piepsen wurde nun unüberhörbar. Ärgerlich schlug sie auf den Knopf des Weckers und hätte das gute Erbstück beinahe an die Schlafzimmerwand geworfen. „Nur noch ein paar Minuten!", stöhnte sie und ließ sich im Bett zurückfallen. Die Zeiger standen auf sechs Uhr morgens.

Warum hatte sie den Wecker nicht auf eine halbe Stunde später gestellt? Vielleicht hätte die Zeit dann gereicht!

Gereicht für was?

Für einen schönen Traum, der vielleicht bis zum Ende gegangen wäre? Konnte sein! Genau wissen würde es Birgit wohl nun niemals. Warum hatte sie eigentlich den Wecker auf diese frühe Stunde gestellt? Bisher stand der doch immer auf sieben Uhr. Hätte das gereicht? Also warum? „Die neue Arbeit!", fiel es ihr ein.

Schnell setzte sie sich im Bett auf. Verschlafen rieb sie sich die Augen und sah auf den Aktenkoffer, der neben dem Schrank stand. Die letzten zwei Jahre hatte sie eine Weiterbildung in Buchhaltung gemacht und heute würde sich beweisen müssen, dass da etwas hängengeblieben war. Aber ein paar Minuten zum Nachträumen waren schon noch drin.

Sie dachte an den fremden Mann aus ihrem Traum zurück. Schon alleine bei dem Gedanken an ihn machte sich das warme Gefühl in ihrem Bauch wieder breit. Gleichzeitig sauste eine Art von Schuldgefühl durch ihren Kopf.

Kopf über Bauch. Wer davon hatte Recht?

Im Moment siegte wohl der Kopf. Mit zusammengebissenen Zähnen begann sie, das Bauchgefühl zu unterdrücken. Die Mutter fiel ihr wieder ein. Auch wenn sie schon vor mehr als zehn Jahren zu Hause ausgezogen war, so war doch immer noch die Erziehung der strengen Frau in ihr. Da konnte man nicht drum herum.

Für solch einen Traum hätte die Mutter sie früher über das Knie gelegt und ihr ordentlich den Hintern versohlt, wenn sie ihr davon erzählt hätte.

Das jahrelang gelernte fiel ihr wieder ein. Immer wieder hatte die Mutter ihr damals gesagt „Eine Frau darf beim Sex keinen Spaß haben!", „Sex dient nur der Fortpflanzung!", und so weiter und so fort! Vermutlich hatte die Mutter selbst keinen Spaß daran gehabt. Und sie? Eigentlich auch nicht!

Birgit ließ sich wieder in das Bett zurückfallen und ihr erstes Mal kam ihr wieder in den Sinn. Mit sechzehn hatte sie, genauso wie jetzt hier, auf dem Rücken im Wald gelegen und Jens war über ihr gewesen. Der siebzehnjährige hatte schon Erfahrungen und sie hatte sich nur auf sein Drängen hin mit ihm zusammen in den Wald begeben. Während ihre Freundinnen am Waldteich baden waren, waren sie etwa fünfhundert Meter entfernt auf einer Lichtung gewesen und sie hatte nur gedacht „Lass es schnell vorbei gehen!" Der Mutter hatte sie nichts davon gesagt, denn dafür hätte es sicher nur Schläge gegeben.

Jetzt meldete sich der Wecker vom Handy. Schon zwanzig Minuten vergangen. Birgit sprang aus dem Bett und lief zur Dusche. Die versäumte Zeit musste aufgeholt werden! Zähneputzen und duschen gleichzeitig! Nicht einfach, aber es gelang ihr. Was konnte man noch gleichzeitig tun? Föhn und Make-up? Das warme Wasser rieselte über ihren Körper und es fühlte sich gut an. Immer noch versuchte der Kopf das Gefühl in ihrem Bauch zu unterdrücken. „An die neue Arbeit denken!", ermahnte er sie unentwegt.

Auf dem Weg zurück zum Schlafzimmer, in der besten Unterwäsche, die sie besaß, ging sie an der Küche vorbei, schaltete die Kaffeemaschine ein und betrat dann das Kinderzimmer. Barfuß schlich sie an das Bett, setzte sich auf die Kante und zog die Decke zurück. „Peter wach auf. Schule!", sagte sie leise, aber eindringlich. Der achtjährige begann zu gähnen und sah ihr in die Augen. „Ich bin noch so müde!", sagte er, aber sie wusste schon, was das hieß. Schnell zog sie die Decke fort und legte diese auf den Stuhl, damit er nicht wieder einschlief.

„Steh auf, ich muss doch dann zur Arbeit!", forderte sie und küsste ihren Jungen auf die Stirn. „Ja Mama", antwortete er und setzte die Füße aus dem Bett. Für sie war dies das Zeichen, weiterzueilen, um sich komplett anzuziehen.

Das gelbe Kleid hing schon seit dem Vorabend an der Schranktür. Wie der Aktenkoffer, so war auch das Kleid neu. Ungetragen, unbenutzt. Würde es etwas nutzen? Ein wenig Angst macht sich in ihrem Bauch breit. Birgit zog sich an und strich das Kleid glatt. Es passte perfekt und sah gut aus. Die Frau drehte sich im Spiegel und griff zur Tasche. Immer noch barfuß ging sie zurück zur Küche und goss den Kaffee ein.

Kakao für Peter und die Brote für die Schule waren das Nächste. Nur nicht dabei bekleckern! „Kommst du?", rief sie nach hinten und hörte die Tür des Bades. „Hoffentlich kommt er gerade heraus!", dachte sie, als Peter in der Küchentür erschien. Angezogen und gewaschen! „Klasse! Ich bin so stolz auf dich!", sagte sie zu ihrem Sohn.

Als sich wenig später die Tür hinter ihrem Sohn schloss und sie einen letzten Blick in die Wohnung warf, da war der Traum schon lange vergessen. Nun würde der erste Arbeitstag beginnen.

„Ich weiß, was ich kann!", sagte sie laut und versuchte die Angst zu vertreiben. Noch ein Blick. „Die Aktentasche!", fiel ihr wieder ein und sie lief zurück in die Küche. Der Zeiger der Uhr über der Küchenanrichte sauste unaufhörlich davon. „Mein Bus!", rief Birgit und stürzte los.

Mit der Tasche in der Hand rannte sie zur Bushaltestelle. „Habe ich die Kaffeemaschine ausgemacht?", fragte sie sich in Gedanken, als sich die Tür des Busses hinter ihr schloss.

2. Kapitel

Alles beim alten

---

*D*er Wecker klingelte und riss Robby aus seinem Traum. Dieser Traum war wieder mal hart gewesen und genauso hart war nun auch sein kleiner Freund, der im Moment einen ziemlich langen Hals machte. Für einen Augenblick sinnierte er zurück zu der blonden Frau mit der großen Oberweite, die er in dem Traum so leidenschaftlich geliebt hatte. Er kannte sie nicht und noch nie hatte er auch nur annähernd eine Frau, wie diese gesehen. „Musst du so einen Krach machen?", fragte ihn leise seine Frau aus dem Bett neben ihn. „Ja", erwiderte er laut und schob sich aus dem Bett.

Der Mann versuchte so aufzustehen, dass seine Frau die deutliche Beule in seiner Schlafanzughose nicht gegen das Licht der Morgensonne sehen konnte. Mürrisch schob er sich in sein Bad und erleichterte sich lautstark in das Toilettenbecken. Dabei flogen seine Gedanken zur Arbeit. Es würde wieder ein langer Tag im Büro werden.

Gleichzeitig dachte Robby an seinen Traum und an seine Frau. Er liebte seine Frau, aber in den Jahren der Ehe war die Leidenschaft irgendwie auf der Strecke geblieben.

Duschen, anziehen und fertig machen. Der Autoschlüssel lag da, wo er immer liegt.

Kurz legte er die Aktentasche zur Seite, ging in das Schlafzimmer hinein und gab seiner Frau einen Kuss zum Abschied. Tägliche Routine. Trotzdem war da etwas in ihm, was er nicht verstehen konnte. So ein Sehnen nach irgendetwas. Vielleicht nach der Frau aus dem Traum?

Nach seiner Traumfrau?

Leise zog er die Tür ins Schloss und ging zu seinem Auto in die Garage. Etwas fehlte! Die Leidenschaft. Für die Arbeit, für die Frau, für das Leben an sich! Wozu lebte er noch? Immer war er nur nach Harmonie aus gewesen. Schon immer hatte er lieber den „Schwanz" eingezogen, statt etwas zu riskieren. Und all dieses Kriechen hatte ihn nun hierher geführt.

Er war ein angepasster Kriecher geworden. Nicht mehr. Eine graue Büromaus. Ein Rad im Getriebe.

Der Motor des Fahrzeugs heulte auf und vertrieb die lästigen Gedanken für eine Weile.

Derselbe Weg wie immer. Er hätte ihn mit geschlossenen Augen fahren können. Auf dieser Strecke kannte er jeden Strauch und jeden Baum. Jeden Tag am Morgen hin und am Abend zurück. Wozu? Um Geld zu verdienen, damit er dort wohnen konnte, um von dort wieder am nächsten Tag auf die Arbeit zu fahren, um dann das Geld zu verdienen? Eine Tretmühle, aus der er nicht mehr heraus kam. Und diese Tretmühle tötete die Liebe zu seiner Frau. Da musste es doch noch mehr geben. Nur was?

Firmenparkplatz! Frau Müller stieg vor ihm aus ihrem Wagen. Genauso eine graue Maus, wie er. Sie nickten sich zu und würden den Rest des Tages an zwei Schreibtischen gegenüber sitzen. Auch schon mehr wie zehn Jahre. Sollte das sein Leben sein? Die Frau aus dem Traum fiel ihm wieder ein. Seit fast einem Monat träumte er nun schon jede Nacht von ihr. Bei dem Gedanken an die blonde Frau spannte sich seine Hose an. Für einen Moment musste er sitzen bleiben, um nicht damit aufzufallen.

Das konnte ja heiter werden! Schon ein Gedanke reichte aus, um das zu bewirken, was er mit seiner Frau schon seit ein paar Wochen nicht mehr richtig hinbekam. Die Leidenschaft war fort und der Sex mit ihr war nur noch zur sportlichen Übung geworden. Keinerlei Befriedigung. Weder für ihn, noch für sie.

Er schlich zur Firmentür hinein, betrat den langen Gang und blickte zur Toilette hinüber. Dann sah er die Bürotür am anderen Ende. Kurzentschlossen betrat er die Toilette, setzte sich in eine der Kabinen und sorgte in zwei Minuten dafür, dass er erst mal für eine Weile von peinlichen Momenten verschont bleiben würde. Umständlich zog er sich die Hosen hoch, richtete dann die Krawatte vor dem Spiegel und ging zurück auf den Gang.

Die Bürotür war immer noch offen. „Guten Morgen", sagte er freundlich in den Raum hinein. Die anderen Mitarbeiter nickten ihm zu oder erwiderten sein Gruß. Dann ging der Zeiger auf acht Uhr und die Arbeit begann. Rechnungsprüfung und Kassenabschluss. Er war ein Zahlendompteur. Aber so kam er wenigstens nicht auf dumme Gedanken.

Irgendwann war es dann Mittag und die Sirene im Flur verkündete die Arbeitspause. Alle strömten hinaus in einer langen Schlange, die sich vorn im Gang teilte. Die Raucher zur Raucherinsel, die anderen in den Speisesaal, wo das Mittagessen serviert wurde. Er blickte auf den Kalender. Montag! Noch bevor er am Schalter war, wusste er, was es gab, denn auch das Essen war Routine.

Blieb nur die Entscheidung: mit oder ohne Kompott und während er noch über diese Alternative nachdachte, rammte ihm jemand die Kante eines Tabletts in der Rücken. Erbost fuhr er herum und wollte die Person schon zur Rede stellen, als seine Augen die Frau erfassten, von der er schon die ganze Zeit geträumt hatte.

Er kniff die Augen zu und riss sie wieder auf. Die Frau stand noch vor ihm und sagte „Entschuldigen sie." Lässig quittierte er die Entschuldigung und machte für sie Platz.

Jetzt wäre der Moment, sie irgendetwas zu fragen. Ein Gespräch zu beginnen! Jetzt! Doch er ließ diesen Augenblick ungenutzt verstreichen. Mitten in dem Gewimmel von hungrigen Kollegen stand er, wie ein Leuchtturm, und noch etwas anderes stand, sehr zu seinem Leidwesen.

Ohne Mittag verdrückte er sich nach draußen. Zum Glück hatten alle nur auf ihre Teller geschaut. Im Flur schlug er sich mit der flachen Hand an die Stirn. „Wie kann man nur so blöd sein!", fuhr es ihm durch den Kopf. „Meine Frau!", war sein nächster Gedanke. Alles beim alten belassen? Oder etwas Neues wagen?

Vielleicht war er einfach viel zu lieb, viel zu angepasst. Angepisst würde wohl jetzt eher zu ihm passen. Vor Stunden, im Traum, hatte er die Frau leidenschaftlich geliebt. Hier, in der realen Welt, traute er sich nicht mal, sie anzusprechen.

Wie ein geprügelter Hund schlich er zurück an seinen Schreibtisch. Hatte er eine Entscheidung getroffen? Für seine Frau? Gegen das Abenteuer? „Wenn sie heute durch diese Tür kommt, dann werde ich sie ansprechen!", sagte er leise vor sich hin und sah zur Bürotür. Die Tür öffnete sich und Frau Müller erschien. Gefolgt von ganz vielen anderen Kollegen.

Alle nahmen Platz und nach ein paar Minuten öffnete sich die Tür erneut. Der Chef erschien und brachte die Frau mit. „Das ist Frau Mayer. Sie macht bei uns ein Praktikum über vier Wochen!", erklärte der Mann und war auch schon wieder verschwunden.

Nun stand die Frau ziemlich unschlüssig im Büro. War das der Moment, auf den er gewartet hatte? Eigentlich hätte er sie nun ansprechen müssen. Doch er war zu brav, zu angepasst und ärgerte sich dafür. Schnell wendete er seinen Blick dem Monitor zu.

Alles blieb beim Alten. Beim angepassten! Wie immer!

3. Kapitel

Novembergedanken

$\mathcal{E}$s waren die letzten warmen Tage des Oktobers und schon bald würde wieder dieses widerliche und nasskalte Wetter kommen. Versonnen sah Hans durch die Windschutzscheibe nach draußen. Sein Bus stand im Depot und würde in ein paar Minuten vom Disponenten abgerufen werden. Die Schicht begann. Spätschicht. Da ging es bis in die Abenddämmerung hinein. Damit würde er erst in der Nacht wieder zu Hause sein und das nicht nur, weil seine Schicht bis dahin ging. Seit Wochen setzte er sich danach immer in die kleine Bar, nur um nicht zu zeitig zu Hause zu sein, denn dort gab es schon ewig dieses eiskalte Schweigen.

Irgendwann hatte es die Streitereien abgelöst, die nach der Liebe gekommen waren. Manchmal fröstelte es ihn regelrecht, wenn er seiner Frau begegnete. Seit Monaten schliefen sie nun auch in getrennten Zimmern. Hans wollte es sich nicht eingestehen, aber irgendwie war es wohl zu Ende. Wenn man nicht mehr kämpfen wollte, dann war es doch eigentlich Zeit, den letzten Schlussstrich zu ziehen. Oder?

Wie lange war wohl der letzte Kuss her? Nicht die flüchtigen beim Abschied am Morgen oder bei der Rückkehr am Abend. Die Liebe war auf der Strecke geblieben. In der Wohnung lebten sie wie Fremde. In jeder Studenten-WG war vermutlich mehr Sex und Erotik zu finden als bei ihnen beiden in der kalten Wohnung.

Eigentlich war es schon überfällig, diesen letzten Schritt zu gehen und diese unselige Verbindung zu beenden. Doch was kam dann? Es hielt ihn nur diese Frage zurück, denn was er hatte, das wusste Hans. Doch was sein würde, das konnte er nicht wissen. Hatte die Liebe zu seiner Frau noch eine Chance? Wohl eher nicht.

„Hans. Fahr los!", quakte die Stimme des Disponenten aus dem Sprechfunkgerät. Zeit zum Fahren und fort mit den Gedanken. Dafür liebte er seinen Job. Hier musste man aufpassen und hatte keine Zeit für nutzlose Gedanken.

Der Bus ruckte an und verließ die Halle. Ein warmer Tag begann für ihn. Vielleicht der letzte des Jahres. Die Frauen trugen noch einmal ihre kurzen Röcke. Bald wären es wohl die dicken Mäntel oder Regenjacken.

Montagnachmittag. Die Straßen waren voller Menschen, obwohl es doch ein normaler Arbeitstag war. Erste Haltestelle und eine Traube von Menschen stürzte in den Bus. Im Nu waren alle Sitzplätze belegt.

Ein junges Pärchen hatte sich auf den Sitz schräg hinter ihn gesetzt und war im Kuss versunken, da waren noch nicht mal die Türen zu. Er hatte sie auf dem engen Platz auf seinen Schoß gezogen. Da war solch eine Liebe zwischen den beiden zu spüren, die Hans vielleicht auch einmal gefühlt hatte. Irgendwann. Vor langer Zeit!

Nächste Haltestelle: Menschen raus, Menschen rein. So würde das den ganzen Tag weiter gehen. Das Pärchen hinter ihm blieb eine halbe Stunde und genauso lange hielt der Kuss. Als die beiden ausstiegen, blickte er ihnen nach und wünschte ihnen in Gedanken, dass die Liebe lange halten würde.

Wieder gingen seine Erinnerungen zurück. Fünfzehn Jahre kannte er seine Frau, die ersten fünf Jahre waren echt der Hammer gewesen, dann war die Liebe irgendwann erkaltet. Und nun? Vielleicht war mit der Hochzeit damals der Zauber verflogen. Er hatte sich wohl zu sicher gefühlt und nun fühlte er nur noch die Leere in sich.

„Ich wünsche euch Glück!", dachte er, als er den beiden hinterher sah, die küssend in einem Park verschwanden.

Weiter ging die Tour. Runde um Runde durch die Stadt. Der altvertraute Weg des Busses! Fahrplan einhalten! Nächste Station: Altersheim. Auch dort saß ein Pärchen auf einer Bank, aber die beiden, die dort Händchen haltend saßen, waren sicher schon weit über achtzig. Diese beiden hatten es geschafft oder sich dort im Heim neu gefunden. Vielleicht war es ein Weg für ihn. Wenn er diese lästige Ehe hinter sich ließ, dann wäre seine Hand frei, für etwas Neues.

Der Spruch mit den Türen fiel ihm wieder ein, aber er hatte Angst, die eine Türe hinter sich zuzuschlagen. Was wäre, wenn sich doch keine andere vor ihm öffnen würde?

Noch eine Runde, dann hätte er eine kurze Kaffeepause, während der Bus in der Halle betankt wurde.

Die Abende kamen im Herbst schnell. Gerade war es noch hell gewesen und nun begannen schon die ersten Straßenlaternen aufzuleuchten. Dicke Wolken beschleunigten die Dämmerung noch zusätzlich. Das würde Regen geben! Dazu kam noch der Feierabendverkehr in der Stadt. Da musste er konzentriert sein.

Zu viele Menschen fuhren nun, wie sie wollten. Sie jagten nach Hause, zu ihren Lieben, oder zur Kita, um die Kinder abzuholen. Ihm und seiner Frau waren Kinder versagt geblieben. Schade eigentlich und nun doch fast ein Grund zum Aufatmen. Mit Kindern wäre die Trennung sicher noch schlimmer geworden. Oder wäre dann die Trennung nie gekommen? Wer konnte das schon wissen. Manchmal waren Kinder der Kit in einer Beziehung und manchmal auch der Grund für eine Trennung.

Der beleuchtete Bus rollte durch die Innenstadt. Überall leuchtende Reklametafeln und bunte Lichter. Bald wäre November und dann begann der Advent.

Langsam neigte sich sein Arbeitstag dem Ende zu. Nur noch zwei Runden durch die Stadt. Oder auch etwa eine Stunde! Und danach? Die

Bar neben dem Busdepot! Dort würde er bis weit in die Nacht bleiben, denn von dort konnte er zu Fuß nach Hause gehen. Wenn er den nötigen Pegel hatte, dann würde auch ein traumloser Schlaf kommen. War das nun sein Leben? Er musste aufpassen, dass aus dem Alkohol nicht irgendwann eine Sucht würde, denn dann wäre er auch seinen geliebten Job los. Wer ließ schon einen Alkoholiker einen Bus fahren?

Die letzte Tour. Einmal noch in die Außenbezirke der Stadt. Viele Fahrgäste hatte er am Abend meist nicht. Die fuhren jetzt in die Stadt. Zu Kino, Theater, Oper oder in eines der Einkaufzentren. Wie lange war er nicht mehr im Kino gewesen? Zu lange! Aber alleine? Hätte er seine Frau fragen sollen?

Langsam rollte der Bus durch die Stadt. Von Haltestelle zu Haltestelle. Bald würde November sein! Und dann? Weihnachten wieder alleine zu Hause? Ihm gruselte es davor und dabei war Weihnachten immer sein liebstes Fest gewesen. Es musste sich etwas ändern, und zwar noch in diesem Jahr, denn so konnte es nicht weiter gehen.

4. Kapitel

Zusammenstöße

*A*usgerechnet neben ihn hatte der Chef die Frau gesetzt. Robby konnte sich nicht auf seine Arbeit konzentrieren. Das gelbe Kleid passte perfekt zu ihr. Seit einer Stunde musterte er sie aus dem Augenwinkel, während er versuchte, etwas zusammenzurechnen. „Das macht aber zwanzig Euro und nicht achtzehn", ließ sich die Frau plötzlich mit einer melodischen Stimme vernehmen und zeigte mit dem Finger auf dem Monitor, wo sich Robby vertippt hatte. „Ups. Da haben sie wohl Recht", sagte Robby und kratzte sich am Kopf. „Keine Ursache", entgegnete sie und er änderte die Summe ab.

Nun begann er sich noch stärker auf seine Arbeit zu konzentrieren, doch daraus brachte die Frau ihn auch schon wieder heraus. Sie stellte eine Frage zur Mehrwertsteuer und er begann es ihr zu erklären. Ein unverfängliches Gespräch über Steuern begann. Doch da er gelernt hatte, seine Gesprächspartner anzusehen, blieb sein Blick in ihren Augen hängen.

„Jetzt bloß keinen Mist erzählen!", sauste es durch seinen Kopf. Zehn Jahre lang gelerntes Wissen wurde abgespult und er versuchte seinen Blick oben zu halten. Die Frau saß auf Armlänge vor ihm und hatte ihren Oberkörper ihm zugedreht. Es wäre unhöflich, jetzt den Blick zu senken, obwohl die Aussicht vielversprechend wäre!

Gestikulierend erklärte er weiter und warf dabei sein Lineal vom Schreibtisch. Als er es instinktiv aufhob, streifte seine Hand ihr Knie. Die Innenseite ihres nackten Knies! Robby spürte, wie ihm das Blut in den Kopf schoss. „Entschuldigung", stammelte er und sie winkte ab. „Nichts passiert", sagte sie lächelnd und verstand vermutlich nicht, dass er ihr gerade zwischen die Beine gegriffen hatte. Oder doch?

Das Gespräch stockte und er suchte den roten Faden. „Mehrwertsteuer für Rohre", versuchte sie ihm zu helfen, als sie offensichtlich merkte, dass er gedankenverloren in ihre Augen sah. „Richtig! Das Rohr!", antwortete er und verschluckte sich dabei.

Es schien ihm so, als ob seine Ohren zu glühen begannen. „Entschuldigung", sagte er erneut, sperrte seinen PC und erhob sich. Schnell ging er zur Bürotür und hatte ihren Blick im Rücken. Das konnte er fühlen.

Ein paar Augenblicke später war er auf der Toilette und wusch sich das Gesicht mit kaltem Wasser ab. Nach fünf Minuten hatte sich seine Gesichtsfarbe wieder normalisiert und er machte sich auf den Rückweg zum Büro.

Noch eine halbe Stunde bis Feierabend, das zeigte zumindest die Uhr am Ende des Ganges. Im Büro saß sie dort am Schreibtisch und schien auf ihn zu warten, aber was hätte sie auch sonst tun können. Jetzt hatte sie allerdings die Beine übereinandergeschlagen. Es sah elegant aus. Sein Blick fiel auf ihren Schuh, der mit dem Fuß wippte. Dieser Schuh war sicher nicht billig gewesen. Seine Frau hatte ihm mal von dieser Schuhmarke etwas vorgeschwärmt.

„Schöne Schuhe", sagte er, als er zu ihr trat und nun sah er, wie sie rot wurde. Ihr Blick suchte ihren Schuh und sie nickte. „Ja. Die waren sehr teuer", sagte sie und er wusste nicht, warum sie gerade rot geworden war. Vielleicht, weil zu dem Schuh auch ein wunderschönes Bein gehörte? Und er es berührt hatte?

Geräuschvoll ließ er sich in den Bürostuhl fallen und fragte „Wo waren wir noch mal stehengeblieben?" „Beim Rohr!", war ihre verschmitzte Antwort. Und wieder war seine Beherrschung dahin. Was tun? Einfach lachen! „Ja. Genau!", sagte er schließlich und wendete sich einem dicken Aktenordner zu.

„Noch dreißig Minuten durchhalten!", sauste es durch seinen Kopf. Nun vertieften sie sich in die Listen. Ungeschickt wie er war, trafen nun auch noch ihre beiden Köpfe dabei ziemlich schmerzhaft gegeneinander. „Aua!", entfuhr es ihr und auch er rieb sich den Kopf.

Robby konnte schon die Blicke der anderen Kollegen im Büro spüren. Langsam wurde es peinlich. Und es war erst der erste Tag mit der Frau. Wenn das so weiter ging, dann würde er, oder sie, am Ende der Woche wohl im Gips liegen. Erneut murmelte er ein „Entschuldigung", doch sie sagte „Diesmal war es meine Schuld!" Das Lächeln der Frau war einfach umwerfend.

Schließlich klingelte die „Feierabenduhr", die Frau Wenzel irgendwann einmal des Scherzes halber mitgebracht hatte. Eine Türe an der Uhr klappte auf und eine Blaskapelle aus Plastik begann „Muss i denn..." zu spielen. Sie alle kannten diese Uhr, doch die Frau war ja neu und bekam sich fast nicht mehr ein vor Lachen.

Das Büro leerte sich ziemlich schnell und alle machten sich auf den Heimweg. Zum Schluss waren nur noch Robby und die Frau im Raum. Jetzt wäre der Moment, um ungestört zu reden. Jetzt!

Er sah sie an, holte Luft und die Frau rief „Ich muss zum Bus!" Sie rannte los, ohne sich zu verabschieden oder noch einmal zu ihm zurückzusehen. Doch was hatte er erwartet? Er schluckte die Worte wieder herunter, die ihm schon auf der Zunge gelegen hatten. Am nächsten Tag würde er sie schon wiedersehen und bis dahin blieb ihm die Freude auf den Traum in der Nacht. Würde der wiederkommen? Jetzt, wo er sie kannte?

Langsam ging er über den Parkplatz und ließ den Tag noch einmal an sich vorüberziehen. Ein Lächeln zog über sein Gesicht. Noch wusste er nicht, wie sie hieß, aber er wusste nun, wie sie sich anfühlte. Weich war sie gewesen! Sein Blick ging nach oben. Dunkle Wolken zogen am Himmel auf. Das würde sicher Niederschlag geben! Als er sich in sein Auto setzte, da begann ein Regen, der auch in einem Monsun nicht heftiger sein konnte. Die Scheibenwischer schafften es kaum, dass Wasser von der Windschutzscheibe zu bekommen.

Langsam fuhr er nach Hause. In Gedanken bei der Frau ohne Namen! Er nahm sich vor, dass er sie am nächsten Tag danach fragen würde. Hoffentlich machte ihm da seine Scheu keinen Strich durch die Rechnung!

Dann fiel ihm ein, dass der Chef ja doch ihren Namen genannt hatte „Frau Mayer." Doch den Vornamen kannte er trotzdem nicht. Konnte er da schon am zweiten Tag danach fragen? Ihr das Du anbieten? Vielleicht. Aber so schnell? Vier Wochen sollte das Praktikum nur dauern und danach? Konnte er da wertvolle Zeit mit Grübeln verlieren?

Es war Ende Oktober und da würde die Frau den ganzen November in seinem Büro sein. Würde der Chef das Praktikum verlängern? Vielleicht, wenn er ein gutes Wort für sie einlegen und sie vor ihm in den höchsten Tönen loben würde. Der Chef mochte seine Objektivität, aber war die dieses Mal nicht schon jetzt getrübt?

Getrübt, wie seine Sicht durch die dunkle Wasserwand? Die Frau fiel ihm wieder ein. Sie war im gelben Kleid mit einer kurzen Jacke los gerannt. Natürlich war es ein warmer Tag gewesen, doch der Regenguss musste sie voll erwischt haben. Oder war sie da schon im Bus gewesen?

Zumindest hatte er damit schon mal eine Frage für den nächsten Tag. Robby pfiff einen Schlager aus dem Autoradio mit. Der Tag, der wie immer begonnen hatte, der war zu etwas besonderen geworden. Durch sie!

5. Kapitel

Beschlagene Scheiben

Klatschnass saß Birgit im Bus. Die letzten hundert Meter war sie barfuß gerannt, weil sie die teuren Schuhe in die Jacke eingewickelt hatte. Nun kamen fünfunddreißig Minuten in dem Bus! Es waren nicht allzu viele Menschen hier drin, trotz dessen, dass sicher die meisten gerade Feierabend hatten. So spät war sie noch nie mit dem Bus gefahren. Die Schule war immer schon drei Stunden eher zu Ende gewesen. Sie hatte sich ziemlich weit vorn hingesetzt und hätte aus dem Fenster sehen können, aber alle Fenster waren beschlagen.

Zum Glück sagte der Bus die Haltestellen an, sonst wäre sie im vollkommenen Blindflug unterwegs. Mit der Hand wischte sie die Scheibe neben sich ab und sah hinein. Die Haare klebten am Kopf, der Lidschatten war verlaufen und das Kleid lag so eng am Körper an, dass es die Konturen des BHs ziemlich deutlich zeigte, wie sie jetzt im Spiegelbild bemerkte.

Schnell wickelte sie die Schuhe aus und hängte sich die Jacke über die Schultern. Als sie nach vorn sah, traf sie der Blick des Busfahrers aus dem Spiegel. Der Mann lächelte sie an und sie zog die Jacke vorn zusammen. Sie schlug den Blick nieder und prüfte die Schuhe. Die waren zum Glück noch in Ordnung. Sie kosteten mehr, als sie in dem Praktikum verdienen würde.

Mit dem Blick in die Scheibe flog der Tag vor ihren Augen noch mal dahin. Zuerst der alte Personalchef. Obwohl der sicher die sechzig schon überschritten hatte, hatte er ihr kaum in die Augen sehen können. Sein Blick lag permanent einen halben Meter tiefer. Irgendwie war ihr das peinlich gewesen und dabei hätte das eigentlich dem Mann peinlich sein müssen. Dann der Chef, der relativ normal war und mit ihr ein kurzes Gespräch nach dem Mittag geführt hatte.

Danach das Büro. Das würde nun ihr Platz sein! Herr Lehmann hatte ihr alles erklärt, er würde für sie zuständig sein, wie es der Chef ihr erklärt hatte. Der Chef musste wohl ziemlich vergesslich sein, denn er hatte sie einfach im Büro stehen lassen und war erst eine halbe Stunde später wiedergekommen, um sie mit Herrn Lehmann bekanntzumachen.

Die restliche Zeit war wie im Fluge vergangen. Der Mann, der vermutlich nun ihre weitere berufliche Zukunft in der Hand hatte, war offensichtlich ziemlich verklemmt. Nicht, dass sie viel aufgeschlossener gewesen wäre, aber bei dem Mann war es schon sehr auffällig gewesen. Sein roter Kopf hatte ihr alles gesagt und dabei hatte er sie doch nur flüchtig berührt.

Der Bus fuhr durch die abendliche Stadt. An den Haltestellen stiegen nur Menschen aus und keine wieder zu. Mit jedem Halt wurde es leerer in dem Gefährt. Vor ihr rauschte das Wasser wie ein Gebirgsbach an der Seite der Windschutzscheibe herab und es schien so, als ob das kein Ende nahm.

Langsam drang die Kälte des Abends durch das nasse Kleid an ihre Haut und ihr fiel mit Erschrecken ein, dass sie noch fünfhundert Meter von der Haltestelle bis zur Wohnungstür rennen musste.

Zum Glück war Peter sicher schon seit Stunden bei ihrer Nachbarin Greta. Die ältere Frau hätte schon angerufen, wenn mit dem Sohn irgendetwas sein sollte. Der Hort ging ja nicht so lange. Greta war fast wie eine Großmutter zu Peter. Vielleicht sogar besser, wenn Birgit an ihre Mutter dachte. Eine Gänsehaut zog über ihren Rücken und die kam nicht nur durch die Kälte im Bus. Die bekam sie regelmäßig, wenn sie nur an die Mutter dachte.

Schon bald saß Birgit alleine mit dem Busfahrer in dem Fahrzeug. Immer wieder trafen sich ihre Blicke über den Rückspiegel. Der Mann war attraktiv, aber der Ring an seiner Hand stoppte alles, was da hätte sein können. Trotzdem war unübersehbar, dass er ziemlich heftig mit ihr flirtete, wenn sie nicht alles verlernt hatte, was sie jemals gewusst hatte. Das war zwar nicht viel, aber sie konnte trotzdem den Blick nicht von dem Mann abwenden. Was wollte er von ihr? Er war verheiratet! Trotzdem schien er ganz nett zu sein!

Die Haltestelle kam näher und Birgit drückte den Knopf. Fast sofort sagte der Fahrer zu ihr „Wollen sie meinen Schirm haben?" „Gern", entgegnete Birgit und der Mann griff während der Fahrt hinter sich. Mit einer Hand hielt er ihr den Schirm hin und erklärte „Geben sie ihn mir morgen Abend wieder. Sie können ihn aber auch einem meinen Kollegen geben. Die sollen ihn dann an Hans weitergeben." „Ich danke ihnen", sagte Birgit und griff nach dem Schirm.

Der Bus rollte aus „Danke und schönen Abend", sagte Birgit an der Tür. „Danke gleichfalls", antwortet Hans und schloss hinter ihr die Tür.

Barfuß mit dem Schirm in der einen und den Schuhen in der anderen Hand sah sie dem Bus für einen Moment hinterher. Dann lief sie schnell durch die Pfützen nach Hause. So wie sie es als Kind gern gemacht hatte. Jetzt freute sie sich auf ihre warme Wanne, denn schließlich durfte sie ja nicht krank werden. Am zweiten Tag auf der Arbeit, da wäre das Praktikum dann schon wieder zu Ende und die Chance vertan!

Als Birgit die Haustür erreichte, da hörte der Regen auf. Sie konnte den Schirm zusammenschieben und sah an sich herab. Immer noch klebte der Stoff an ihrem Körper. Kurz schüttelte sie das Wasser aus den Haaren, dann stieg sie langsam die Treppe hinauf und klingelte bei Greta. Die ältere Freundin öffnete die Tür und sah sie an. „Kannst du noch etwas auf Peter aufpassen? Ich muss erst mal in die Wanne", erklärte Birgit und Greta nickte nur verstehend.

Schnell war die Wanne eingelassen und Birgit lag im warmen Wasser. Das tat so gut! Badeschaum mit Mandelmilchduft. Es roch so schön und die Wärme kam zurück in ihren Körper. Nun war wieder Zeit zum Träumen und Genießen.

Dabei kamen ihr drei Männer in den Sinn. Der Traummann, Hans und Herr Lehmann. Einen Tag und drei Männer! Wenn ihre Mutter das wüsste! Birgit schmunzelte. Es war ja nichts passiert. Der Traummann hatte ihre Brust berührt, Herr Lehmann ihr Knie und Hans ihre Hand bei der Übergabe des Schirmes. Alles war gut!

Ihr Blick fiel auf die teuren hochhackigen Schuhe, die jetzt mit Papier ausgestopft in der Ecke standen. Zum Glück war alles gut gegangen und für morgen würde sie die guten alten Turnschuhe tragen. Das gelbe Kleid hing tropfnass an der Tür. Die anderen Frauen im Büro trugen Bluse und Jeans und sie würde das auch so machen. Oder vielleicht einen Rock?

Mit den Fingern zog sie eine Spur über das, durch den Wasserdampf, beschlagene Badfenster. Fast so wie das Fenster im Bus. Wieder spürte sie den Blick von Hans auf sich. Es fühlte sich gut an, sagte zumindest ihr Bauch. Die Mutter im Kopf schimpfte mit ihr.

6. Kapitel

Entscheidung aus Liebe

ies war wie eine Offenbarung für Hans gewesen. Dieser Blick der Frau hatte ihn getroffen. So tief getroffen, wie er nicht tiefer hätte gehen können. Und er war zu einem Entschluss gekommen. Es musste Enden, damit etwas Neues geschehen konnte. Und dieses Neue hatte eventuell gerade jetzt seinen Regenschirm! Sicher schon eine Stunde saß er nun in der kleinen Bar, sah auf den großen Flachbildschirm und war in Gedanken weit fort. Er sah nicht das Fußballspiel, sondern er suchte nach den richtigen Worten. Was sagte man da nach fast zehn Jahren Ehe? „Lass uns Freunde bleiben?" Das klang verlogen und falsch. Und doch war es ja das, was er wollte.

Nicht im Streit auseinander gehen, sondern in Freundschaft. Einen letzten Schlussstrich ziehen, solange das noch im Guten möglich war. Er würde seine Frau für etwas Neues freigeben und sie ihn. War es nicht das, was Freunde füreinander taten?

Noch ein Bier! Noch mehr kreisende Ideen! Mit einem Blick in das Bier kam das Gesicht der fremden Frau wieder in seinen Gedanken. Es waren ihre Augen gewesen, die ihn so fasziniert hatten. Nicht das angeklatschte Kleid, das der Regen auf ihren Körper geklebt hatte und das ihre Konturen so deutlich sichtbar gemacht hatte. Sie hatte große, wunderschöne Augen!

Den ganzen Tag hatte er schon gegrübelt und dann hatte diese Frau ihm die Antwort gegeben. Barfuß und klatschnass war sie in seinen Bus eingestiegen. Da hatte er es tief in sich gespürt. Das war die Antwort! Vielleicht nicht diese Frau, aber eine andere sicherlich. Eine, die besser zu ihm passen würde, als seine Frau. Irgendwie hatten sie sich auseinandergelebt! Wann war die Liebe gestorben und wann war der Alltag in diese Beziehung eingezogen? Konnte man das eigentlich noch Beziehung nennen? Mietergemeinschaft wohl eher!

Die Ortsmannschaft schoss ein Tor und alle um ihn herum jubelten, nur er blickte stumm in sein Bier. Was machte er hier? Wovor versuchte er fortzulaufen? Versteckte er sich vor der Entscheidung? „Erwin! Zahlen!", rief er zum Tresen hinüber. Der dicke Wirt zog die Augenbrauen hoch. „Willst du nicht noch das Ende des Spieles abwarten? Vielleicht gewinnen wir noch und ich gebe eine Runde aus", sagte der Wirt, doch Hans schüttelte den Kopf. „Ich muss!", sagte er und legte den Geldschein auf den Tresen. „Man sieht sich", sagte Erwin, steckte den Geldschein ein und schob das Wechselgeld herüber.

Die kalte Nachtluft umfing ihn. Der Regen hatte allen Staub aus der Luft gewaschen. Es roch sauber und Hans schlenderte die letzten fünfhundert Meter heim. Immer noch wusste er nicht, was er sagen sollte. Er wusste nur, dass er heute reden musste oder für immer den Mund halten sollte. Heute war die Stimmung so, dass er eine Entscheidung treffen konnte.

Die Stufen im Treppenhaus knarrten bei jedem Schritt. Zwei Etagen nach oben. Bei ihm brannte noch Licht, das konnte er durch die Glasfenster der Wohnungstür sehen. Hans betrat die Wohnung und seine Frau sah aus der Küche zu ihm heraus. „Du bist aber zeitig dran. Ist was passiert?", fragte sie, während er seine Jacke an die Garderobe hängte. Er schüttelte den Kopf und setzte gleichzeitig hinzu „Wir müssen reden!" Dabei sah er, wie sie ihre Augenbrauen hochzog und danach in der Küche verschwand. Für einen Moment war er verwirrt, dann ging er ihr nach.

Sie saß in der Küche und hatte ihre Tasse in der Hand. Stumm zeigte sie auf den anderen Stuhl. Hans setzte sich und sah sie an. Da war noch ein Funken Liebe in ihm, gerade so viel, dass er es ohne Streit beenden wollte. Und nun? Die Worte kamen ihm nicht in den Kopf. Sie legte den Kopf schief und wartete darauf, dass er anfing zu reden.

„Du hast doch auch schon gemerkt, dass bei uns etwas nicht mehr stimmt", begann Hans schließlich und sie nickte nur stumm. „Seit fast einem Jahr sind wir nun schon praktisch getrennt!", setzte er fort und sie nippte an ihrem Kräutertee. Aufmerksam hörte sie zu und unterbrach ihn nicht. Offensichtlich hatte sie sich daher schon dieselben Gedanken gemacht.

Hans nahm allen Mut zusammen und fragte „Meinst du nicht, dass wir uns auch offiziell trennen sollten, wo wir doch hier zu Hause auch schon getrennt sind?" Fast bittend sah er ihn ihre Augen. „Sag was!", rief sein Blick und sie stellte die Tasse ab. Dann zeigte sie zum Kalender und erklärte „Am ersten November ist unser Trennungsjahr rum. Dann hätte ich dich dasselbe gefragt. Es gibt da jemanden, mit dem ich mich besser verstehe!" Hans sah sie an und er wäre ihr dafür fast um den Hals gefallen. „Wir sollten zum

Anwalt gehen und eine einvernehmliche Trennung beantragen. Ich möchte keinen Streit. Das sollte uns unsere Liebe von damals wert sein", erwiderte Hans und sie stimmte ihm zu.

Jetzt erst drangen ihre Worte wirklich zu ihm durch „Du hast schon jemanden?", fragte er erstaunt. Doch da war kein Kummer in ihm, nur Freude für die Frau, die er einst geliebt hatte.

Sie sah etwas überrascht aus, dass er sie nicht sofort anschrie, deshalb setzte er erklärend hinzu „Ich freue mich für dich und wir werden eine Einigung mit der Wohnung finden. Zu dritt hier drin, das wäre ja auch nicht die Lösung." „Oder zu viert, wenn auch du jemanden findest", entgegnete die Frau und fragte „Soll ich dir einen Tee machen?" „Trennungsjahr heißt Trennung von Bett und Tisch. Du darfst nicht für mich kochen! Ich mache mir meinen Tee selbst. Danach lass uns weiter reden!", erklärte Hans, stand auf und ging zum Wasserkocher. „Wie lange haben wir eigentlich nicht mehr zusammen Tee getrunken?", fragte er und sie setzte hinzu „Viel zu lange!"

Blubbernd kochte das Wasser schon nach wenigen Augenblicken. Am Tisch sitzend begannen sie sich wieder zu unterhalten. Es war das Gespräch zwischen Freunden. Endlich sah er sie auch wieder lachen. Es tat gut, dass es ihr gut ging. Zu lange hatte er gewartet, doch offensichtlich hatte seine Frau den Schlussstrich schon vor einem Jahr gezogen.

Stunden später verabschiedeten sie sich mit einem Handschlag in der Küche und gingen jeder in sein Zimmer. Ein paar Minuten später trafen sie sich im Bad wieder. Er wartete hinter ihr, bis sie das Waschbecken freigab. Hans hatte eine Entscheidung getroffen, weil er sie immer noch ein bisschen liebte. Und natürlich auch, weil er sie respektierte. Wer liebt, der muss auch loslassen können.

7. Kapitel

Gedanken in der Nacht

Das warme Wasser lief seinen Rücken hinab. Robby hatte sich mit beiden Händen gegen die Wand der Dusche gestützt und dachte an die fremde Frau. In ein paar Stunden wäre sie sicher wieder in seinem Traum und am nächsten Tag real neben ihm am Schreibtisch. Er sah an sich herab. Alleine schon der Gedanke an sie sorgte für eine schmerzhafte Erektion. Das würde nicht gut gehen! Am Nachmittag hatte er verzweifelt versucht, jede Reaktion auf sie unter Kontrolle zu haben, doch am folgenden Tag wären das acht Stunden, die sie praktisch auf seinem Schoß saß! Unmöglich, da keine Reaktion zu zeigen. Was tun? Er schloss die Augen und dachte wieder an den Tag zurück.

Rita, seiner Frau, gegenüber hatte er die neue Kollegin nur in einem Halbsatz erwähnt, so, als ob sie einen neuen Kopierer im Büro hätten. Hatte er die Frau aus Angst verschwiegen? Eigentlich war ja nichts zu verschweigen. Für Träume konnte man nichts! War er seiner Frau schon durch diese Träume untreu gewesen? Dann wäre er das schon ein paar Wochen! Erst durch das

Zusammentreffen mit ihr wurde die Sache immer schwieriger.

Was tun? Seit sicher mehr wie einer halben Stunde stand er nun schon hier. Wie sollte das weitergehen? Wie immer mit Fernsehen, Bier und Chips? Mit der Frau neben sich, während seine Gedanken bei einer anderen waren? Das konnte nicht gutgehen!

Es klopfte an der Tür und die Frau rief „Die Fernsehsendung geht gleich los! Kommst du?" „Ja!", antwortete er. Sie hatte so recht, das war die Lösung, zumindest für jetzt. Seine Hand schloss sich um seine Erektion und eine Minute später wusch die Dusche die Spuren der Erleichterung davon.

Wenig später saß er auf dem Sofa und sah irgendeine seltsame Spielshow im Fernsehen, während seine Gedanken schon wieder auf Wanderschaft gingen. Verzweifelt versuchte er sie immer wieder zurückzuholen, aber das war bei der sinnlosen Unterhaltungssendung schwierig. Wenn es wenigstens ein spannender Krimi gewesen wäre, aber Rita wollte die Show unbedingt sehen. Umschalten verboten! Blieben nur Bier und Chips zur Ablenkung übrig.

Die beiden Stunden der Show dehnten sich ins unendliche. Dann war die Flimmerkiste endlich aus. Rita ging an ihm vorbei in das Bad und er blieb im Sessel sitzen. Das Wasser der Dusche rauscht und brachte ihm die Erinnerung zurück. Würde das nun immer so sein? Es schmerzte fast, wenn er nur an Frau Mayer dachte.

Schließlich verglich er Rita mit der fremden Frau. Vielleicht konnte Rita seine Nacht noch retten. Minuten später kam sie im Nachthemd an der Tür vorbei und er schloss sich ihr wortlos an. Rita schlüpfte vor ihm in das Bett und als er begann sie zu streicheln, da schob sie seine Hand zur Seite und sagte „Es ist doch aber noch gar nicht Freitag!" „Lass uns doch mal etwas spontaner sein", entgegnete er ihr, doch sie wehrte ab und antwortete „Aber nicht heute. Ich habe morgen Inventur im Laden, da brauche ich meinen Schlaf!" Eine Minute später hatte sie sich, von ihm ab, zur Seite gedreht und „Gute Nacht", gesagt.

Nun lag er da und starrte zur Decke. „Machst du bitte das Licht aus?", war das letzte, was er an diesem Abend von Rita hörte. Er angelte sich den Schalter der Nachttischlampe und murmelte ein „Gute Nacht." Die Dunkelheit umfing ihn und eine Weile später schnarchte die Frau. Rita ließ ihn ratlos zurück.

So lag er nun in dem Bett. Geil und spitz wie Nachbars Lumpi und nichts konnte ihm helfen. Der Schlaf und damit der Traum kamen auch nicht. Was konnte er noch machen? Robby hörte auf die Schlafgeräusche seiner Frau und dachte dabei an die andere, die er am nächsten Tag wiedertreffen würde. Wie konnte er verhindern, dass er sich da komplett blamieren würde? Er brauchte eine Aufgabe für die Frau, damit diese sich mit etwas beschäftigen konnte und ihn in Ruhe ließ.

Grübelnd wälzte er sich im Bett hin und her. Dabei ging er alles durch, was er ihr geben konnte. Da gab es so einiges, aber das hatte nichts mit der Arbeit zu tun.

Wenn er nicht ein Projekt fand, mit dem er sie betrauen konnte, so würde sie wirklich den ganzen Tag auf seinem Schoß sitzen und da würde er für nichts garantieren können. Dabei fiel ihm wieder die alte Geschichte mit dem Transportleiter und einer Kollegin ein, die sich vor Jahren zugetragen hatte. Eine Mitarbeiterin hatte die beiden im Kopierraum erwischt. Mit heruntergelassener Hose. Da war das Leugnen praktisch umsonst gewesen. Obwohl eigentlich nichts passiert war, war den beiden trotzdem gekündigt worden und das wollte er nicht riskieren.

Sein Blick fiel auf die leuchtenden Ziffern des Weckers. Es ging schon auf drei Uhr in der Früh! „Verdammt!", sauste es durch seinen Kopf und fast hätte er es laut ausgesprochen. Seit Stunden schnarchte seine Frau leise neben ihm und er suchte etwas, um sich die fremde Frau vom Leib zu halten. Doch eigentlich war sie das Objekt seiner Begierde. Marternd zergrübelte er sich das Hirn. Robby brauchte einen Ausweg. Eine Idee, damit er endlich schlafen konnte. Doch die Idee kam nicht.

Vier Uhr morgens! Nur noch zwei Stunden zum Schlafen und immer noch keine Idee! Sie hatten über Rohre gesprochen und mit jedem Kumpel wäre das sicher sofort in etwas ausgeufert, was man umgangssprachlich mit „Ein Rohr verlegen" umschreiben konnte. Doch gerade das durfte er bei ihr nicht! Das durfte er noch nicht mal denken! Das würde sofort Ärger geben, wenn sie sich irgendwie belästigt fühlen würde. Schnell war man da beschuldigt und es gab dann keinen Ausweg daraus!

Plötzlich durchzuckte ihn die rettende Idee. Vor ein paar Jahren hatte er ein Projekt geleitet, welches aber dann nicht zur Entwicklung kam, weil der Zulieferer dabei nicht mitgemacht hatte. Seitdem lag es auf Eis. Doch seit einem Jahr hatten sie nun einen anderen Zulieferer. Konnte das Projekt nun zum Erfolg werden? Zumindest klang das nach einer Herausforderung für die Frau.

Sie konnte selbständig arbeiten, könnte zeigen, was sie kann und würde nicht ständig bei ihm sein müssen. Ein perfekter Plan! Mit der Eingebung kam auch die Schläfrigkeit. Würde die Zeit noch für einen Traum reichen? Inständig bat er darum.

„Bitte sei da!", dachte Robby und glitt in den Schlaf hinüber.

8. Kapitel

Ein gewagtes Projekt

$\mathcal{F}$ast die Hälfte des Praktikums war nun um. Bisher hatte sie einen guten Eindruck von den Kollegen und Kolleginnen im Büro bekommen. In ihrer alten Firma hatten alle nur herumgezickt, aber hier war das anders. Jeder war freundlich zu ihr und half ihr. Das war nicht selbstverständlich. Besonders mit Herrn Lehmann kam sie gut klar. Er hatte ihr ein anspruchsvolles Projekt gegeben, welches sie nun schon fast zwei Wochen bearbeitete. Da sie ja sowieso gern telefonierte, war es schön, dass sie dabei auch noch ein paar eigene Ideen mit dem Zulieferer einbringen konnte.

Manchmal telefonierte sie stundenlang mit der Kollegin am anderen Ende der Leitung, denn es sollte sich ja für beide Firmen lohnen. Dabei war nun abzusehen, dass da wohl eine Ersparnis im sechsstelligen Bereich herauskommen konnte!

Auch privat hatte sich einiges getan. Hans, der Busfahrer, fuhr jeden Abend die Linie und er war der erste, dem sie immer alles erzählte. Zwar nicht so detailliert, da herrschte natürlich

Schweigepflicht, aber zumindest konnte sie ihm von ihren Erfolgen berichten. Praktisch saß sie nun direkt schräg neben ihm und das Schild „Gespräche mit dem Fahrer während der Fahrt verboten" ignorierten sie beide. Er kannte seine Strecke wohl auch im Schlaf.

Sie mochte ihn, wie einen guten Freund. Seine Ratschläge trafen fast immer zu. Ein paar davon hatte sie in das Projekt integriert. Was vor zwei Wochen mit dem Schirm begonnen hatte, das war am Vorabend mit einem Abschiedskuss im Bus zum aktuellen Höhepunkt gekommen. Zum Glück war der Bus da immer schon leer, weil ihre Haltestelle die letzte vor der Wendeschleife war.

Versonnen dachte sie an den Abend zurück und freute sich schon auf den Feierabend, doch zuvor musste der letzte Federstrich unter das Projekt gesetzt werden. Vor Aufregung auf dem Stift kauend, rechnete sie noch einmal alles durch. Jede Zahl wurde zweimal geprüft. Ein Rechenfehler konnte da fatale Auswirkungen haben. Schließlich musste sie das Projekt ja noch dem Chef vorlegen, der dann seine Zustimmung geben musste.

Fertig! Ihr Blick ging nach links und sie fragte leise „Herr Lehmann, können sie mal bitte kommen?" Fast augenblicklich sah der Mann zu ihr auf, ließ seine Arbeit liegen und rollte mit seinem Bürostuhl zu ihr herüber.

Während der Mann begann, die erste Seite zu lesen, hielt es sie fast nicht mehr auf ihrem Platz. Was würde er sagen? Hatte sie sich damit verrannt? War das Projekt zu groß für sie gewesen?

Zwar hatte sie am Anfang noch ein paar Fragen gestellt, aber mehr als eine Woche hatte sie nun alleine daran gearbeitet. Nervös wippte sie mit dem Stuhl. Ohne ein Wort blätterte der Mann durch ihr Konzept. Keine Miene verzog er dabei. War das ein gutes Zeichen? Oder eher schlecht? Fast hätte sie ihn mit „Sag was!" angebrüllt. Bedächtig ging der Mann weiter durch die Seiten.

Immer noch sagte er nichts.

Das letzte Blatt! Aller Mut sank zu Boden. Dann sah sie der Mann an und zog die Augenbrauen hoch. Sie wollte sich dafür entschuldigen, dass sie es ihm gezeigt hatte, doch vor ihrem ersten Wort brach es aus ihm heraus „Das ist bril-

lant!" Ein riesengroßer Felsbrocken fiel von ihrem Herzen. Unmittelbar darauf rutschte dieser
ihr in die Hose, als der Mann sagte „Das zeigen
wir sofort dem Chef!"

Noch bevor sie etwas entgegnen konnte, war
der Mann aufgesprungen und hatte das Papier
gegriffen. „Was ist?", fragte er sie, da sie immer
noch an ihrem Stuhl festklebte. Der Felsbrocken
hielt sie fest! „Angst?", fragte er weiter und lächelte sie an. Birgit konnte nur nicken. „Keine
Sorge. Ich komme ja mit", setzte er fort und hielt
ihr die Hand hin. Zögerlich nahm sie diese Hand,
stand fast wie in Zeitlupe vom Stuhl auf und
wurde danach mit dem Mann mitgerissen.

Die Gänge flogen nur so dahin und die Türen
des Liftes schlossen sich hinter ihr. Wenig später
saßen sie im Zimmer des Chefs, der sich nun
ebenfalls in das Papier vertiefte. Birgit versuchte
sich so klein wie nur möglich zu machen.

Der Mann vor ihr las nun ebenfalls das Dokument. Wieder kein Wort und kein Gesichtsausdruck, der ihr etwas über seine Stimmung verraten würde.

Wenn der Stuhl sie nicht gehalten hätte, dann wäre sie jetzt vermutlich durch die Decke gebrochen. Unendlich dehnte sich die Zeit und der Mann studierte die Akte sehr langsam. Die Zeiger der Uhr hinter ihm zeigten schon fast auf den Feierabend.

Dann klappte er den Ordner geräuschvoll zu und sah sie beide über den Rand seiner Brille hinweg an. „Das kommt mir irgendwie bekannt vor", sagte er und Herr Lehmann antwortete ihm „Das ist mein altes Projekt, aber Frau Mayer hat es noch viel besser gemacht." Sie konnte nur nicken und der Chef blickte nun von ihr zu dem Mann und wieder zurück.

Schließlich klopfte er mit der Hand auf den Deckel des Ordners und fragte „Und sie sind sich da ganz sicher?" Ein heiseres „Ja!" verließ krächzend ihren Mund. Noch einmal klappte er den Ordner auf und blätterte zur letzten Seite. Dann tippte er auf die Summe und sagte „Also, wenn das stimmt, dann könnte die ganze Firma fast eine Million Euro im Jahr sparen." „Ich habe mich nicht verrechnet", entgegnete Birgit fast trotzig.

Der Chef nahm die Brille ab und sah sie an. „Na gut! Ihr habt das Projekt zusammen entwickelt, nun müsst ihr es gemeinsam verteidigen. Morgen fahrt ihr beide zur Firmenzentrale und unterbreitet dort dieses Konzept", legte er fest und griff zum Telefon. Dann sagte er noch „Ich melde euch an und wünsche euch viel Glück!"

Während er wählte, schob Herr Lehmann sie schon aus dem Zimmer. Verdattert schaute sie ihn an und die Knie begannen zu zittern. Firmenzentrale? Verteidigung? Was sollte das? „Morgen früh fahren wir los. Nehmen sie sich Sachen für drei oder vier Tage mit", erklärte Herr Lehmann und drückte ihr den Ordner in die Hand. „Drei oder vier Tage?", fragte sie nach und der Mann nickte.

So vieles rauschte gleichzeitig durch ihren Kopf „Peter, Hans, Greta." Der Mann unterbrach sie, indem er sagte „Ziehen sie doch einfach das gelbe Kleid vom ersten Tag an." Dann drehte er sich zum Lift und drückte auf den Knopf. Der Mann konnte sich noch an das Kleid erinnern? Nach vierzehn Tagen? Verwundert blickte sie zu ihm, dann verdrängten die Sorgen um diesen Ordner diesen Gedanken. Langsam folgte sie ihm. Es war noch so viel vorzubereiten und der Feierabend war schon nahe.

9. Kapitel

Lange Wege

---

ie Arbeit war brillant gewesen. Nun saßen sie schon seit Stunden nebeneinander im Auto und fuhren zusammen der anderen Stadt entgegen. Wenn kein Stau kommen würde, so wären sie sicher vier oder fünf Stunden unterwegs. Natürlich hatte er gesehen, welche Angst die Frau hatte, das Projekt der Firmenleitung zu präsentieren, aber wenn das ein Erfolg werden würde, dann lag es maßgeblich an ihr und dann würde der Verlängerung des Praktikums nichts mehr im Wege stehen. Ganz sicher sprang auch ein fester Job für sie dabei heraus, aber das musste sich bei der Verteidigung des Projektes erst noch erweisen.

Schweigend saß sie neben ihm und er sah, dass sie an der Unterlippe kaute. Die Angst konnte er ihr nicht nehmen und er konnte sie auch nicht aufbauen. Wenn es jemand anderes gewesen wäre, dann hätte es ein unverfängliches Gespräch werden können. Über Hunde, Katzen oder das Wetter. Irgendetwas, worüber man halt so fünf Stunden lang reden konnte. Doch ihm fiel nichts ein und er konnte sie auch nicht ansehen. Aus dem Augenwinkel sah er, wie sie den Ordner auf ihrem Schoß festhielt. Sie krallte sich regelrecht in den Umschlag, wodurch ihre Fingerknöchel weiß wurden. Das Autoradio dudelte einen Schlager nach dem anderen und es war nicht wirklich etwas dabei, was ihm gefiel, aber zum Umschalten hatte er keine Lust.

Endlos zog sich das graue Band aus Asphalt vor ihnen dahin. Schließlich sagte er „Ich brauche erst mal einen Kaffee. Sie auch?" und als sie nickte, setzte er den Blinker. Wenig später zog er zur Raststätte hinaus, wo er das Auto auf dem Parkplatz ausrollen ließ. Sie wollte mit dem Ordner aussteigen, doch er nahm ihr die Mappe ab und verwahrte diese im Kofferraum, bei ihren Koffern. Gemeinsam machten sie sich auf den kurzen Weg zur Tankstelle, wo es sicher einen guten Kaffee gab. „Bestellen sie mir bitte einen mit? Mit Milch?", fragte sie und zeigte zu den Toiletten. Er nickte und sie verschwand.

Als er mit den beiden dampfenden Tassen zum Tisch ging, kam sie zurück und nahm ihm eine davon ab. Schweigend saßen sie danach auf den hohen Hockern an dem Stehtisch. Irgendwie konnte sie ihn nicht ansehen und auch er hatte damit ein Problem. Sein Blick versuchte verzweifelt, ihrem Blick auszuweichen, wenn sie doch mal die Lider hob und ihn durch die Wimpern anblickte.

Dieser Blick und der schräg gehaltene Kopf waren gefährlich. Da lag etwas von Bambi in ihren Augen. Da konnte kein Mann widerstehen. Und er schon gleich gar nicht.

Auch weiterhin hatte er nun jede Nacht von ihr geträumt. Praktisch schlief er mit ihr ein und wachte mit ihr auf. Allerdings eben nur im Traum. Von Rita entfernte er sich damit immer mehr. Erneut gingen seine Gedanken auf eine Reise und dabei saß das Ziel doch ihm direkt gegenüber. Er wagte eben nur nicht, sie anzusehen. In seinem Blick würde sie es erkennen! An seiner Hose vielleicht auch, doch da war zum Glück der Tisch dazwischen.

Der Kaffee war alle und er sagte „Ich muss auch mal", dabei zeigte er auf den Hinweis zur Toilette. „Was bekommen sie für den Kaffee?", fragte sie und er winkte ab, doch sie drehte sich zum Tresen um, zog die drei Euro hervor und drückte sie ihm in die Hand. Diese Berührung jagte einen Stromschlag durch seinen Körper und auch sie spürte das wohl, denn sie sagte „Aua!" Fast hätte er die beiden Münzen fallen lassen, doch er hielt sie fest. „Danke", stammelte er und erhob sich.

Mit den beiden kochend heißen Münzen in der Hand ging er zur Toilette hinüber. Was sollte er damit machen? Im Dämmerlicht des Raumes sah er an der Seite einen Kondomautomaten und warf die Münzen hinein. Es klimperte und dann zog er das gewünschte Kondom heraus. Mit diesem in der Tasche ging er zu den Becken und erleichterte sich. Sein Blick ging dabei zurück zum Automaten. Würde eines reichen? Für drei Tage? Oder vier Nächte? Was passierte da gerade in seinem Kopf?

Als er wenig später zurück zu ihr an den Tisch trat, da hatte er vier Kondome einstecken. War das schon eine Absichtserklärung? Seiner Frau würde er den Besitz der Präservative wohl niemals erklären können. Robby musste schlucken, als sie aufstand. „Können wir?", fragte sie und für einen Moment wusste er nicht, was sie meinte. Zu sehr war er noch mit den Gummis beschäftigt.

Vermutlich merkte sie das, deshalb setzte sie hinzu „Weiterfahrten, meinte ich" „Natürlich", entgegnete er und ging zur Tür vor. Er hielt ihr die Tür auf und unbewusst legte er ihr die andere Hand auf die Schulter, als sie durch die Tür trat. Auch diese Berührung ließ ihn zusammenzucken. Aber nur ihn. Sie schien es noch nicht einmal bemerkt zu haben.

Brummend rollte das Auto wenig später vom Parkplatz. Sie hatte den Ordner wieder auf dem Schoß und klammerte sich regelrecht daran fest. Der Rest der Fahrt lag noch vor ihnen.

Ein paar Kilometer später sah er die blinkenden Lichter vor sich. „Stau!", sagte er und fuhr zur Seite, um die Rettungsgasse zu bilden. „Da wird es wohl heute nichts mehr? Oder?", fragte die Frau und zeigte auf die Uhr. „Vermutlich nicht. Ich rufe mal an", entgegnete er und griff zum Telefon. Zwei Telefonate später war alles geklärt und der Termin für den nächsten Tag vorbereitet.

Gegen achtzehn Uhr trafen sie auf dem Parkplatz vor dem Hotel ein. Statt der geplanten fünf Stunden waren sie zehn unterwegs gewesen. Mit ihren Koffern betraten sie die Lobby des Hotels. An dem Tresen der Rezeption empfingen sie die Schlüssel. „Zimmer 312 und 313", sagte die Frau dahinter und übergab ihnen die Schlüssel.

Damit würde die Frau nur ein Zimmer weiter schlafen. Nur eine Wand würde sie in dieser Nacht trennen. „Gibt es hier noch etwas zu essen?", fragte er die Rezeptionistin und diese zeigte auf das Schild des Restaurants. „Bis zwanzig Uhr gibt es noch warmes Essen", erklärte sie lächelnd und wendete sich dem nächsten Gast zu.

„Ich lade sie zum Essen ein", sagte Robby zu seiner Begleiterin und die Frau nickte dankbar. Sicherlich hatte auch sie schon lange Hunger. „Aber zuerst bringen wir die Koffer nach oben", erklärte er noch und zeigte zum Lift. Gemeinsam betraten sie den Fahrstuhl und fuhren in den dritten Stock hinauf, wo ihre Zimmer sich befanden. Die Sekretärin hatte ihnen wieder mal ein sehr schönes Hotel gebucht.

10. Kapitel

Unerwartete Freuden

Das war schon eine seltsame Autofahrt gewesen. Die ganze Zeit hatte sie sich an dem Hefter festgeklammert und fast vor Angst davor gezittert, diese Seiten dem Vorstand zu zeigen. Vielleicht war auch deshalb der Stau gekommen, damit sie noch Zeit gewinnen konnte. Doch wofür? Die beiden Männer hatten doch gesagt, dass es eine gute Arbeit war und Herr Lehmann würde doch wohl kaum mit ihr mitkommen, wenn er daran Zweifel gehabt hätte.

Trotzdem war auf dem ganzen Weg kaum ein Wort zwischen ihnen gefallen. Selbst im Stau hatte er nicht mit ihr gesprochen. Und nun stand sie mit dem Koffer in diesem Nobelhotel. Überall glänzte es und selbst der Kronleuchter in der Lobby hätte eher in ein altes Schloss gepasst. Hier fühlte sie sich noch kleiner und alles schien auf sie einzustürzen.

Der Mann übernahm alles und hatte auch schon die Schlüssel in der Hand. Eigentlich waren es keine Schlüssel, sondern Chipkarten. Offensichtlich kannte sich der Mann hier schon etwas aus, daher folgte sie ihm einfach, so, wie ein Hündchen seinem Herrn gefolgt wäre.

Lift, dritte Etage. Zwei Zimmer, die am Ende des Ganges nebeneinander lagen. Herr Lehmann gab ihr die Karte und sagte ihr, dass er sie zum Essen einlud. Danach starrte sie auf die Chipkarte und die Tür. Wie ging das nur? Sie suchte die Öffnung, um die Karte hineinzuschieben und offensichtlich sah der Mann ihre hilflosen Versuche. „Nur dranhalten!", erklärte er und zeigte ihr, wie es ging. Mit einem summenden Geräusch gab das Schloss den Weg frei und sie schritt staunend in das Zimmer hinein.

Eine Prinzessin hätte wohl nicht prachtvoller wohnen können! Ein großes Bad, mit einer Wanne und einem riesigen Spiegel, befand sich neben der Eingangstür. Dann betrat sie das Schlafzimmer, das man sicherlich auch als Suite bezeichnen konnte. Das war fast größer, als ihre gesamte Wohnung! Ihr Blick konnte die ganze Pracht kaum erfassen.

Auf dem kleinen Tisch standen ein Blumenstrauß, eine Flasche Mineralwasser und eine kleine Packung mit Pralinen aus Nougat. Ihr Magen begann beim Anblick der Pralinen zu knurren, aber sie sollte ja noch zum Essen gehen. Mit ein paar Handgriffen war der Inhalt ihres Koffers in den riesigen Schrank geräumt.

Birgit strich über das breite Bett. Es hatte eine angenehme Weichheit und war genauso hart, wie es sein musste. Sicherlich drei Meter war es breit! Einen Moment setzte sie sich darauf, dann griff sie sich ihr Make-up und ging in das Bad. Schnell noch etwas Puder nachlegen und den Eyeliner kontrollieren. Sie war gerade fertig, als es klopfte.

Ein letzter Blick in den Spiegel, dann öffnete sie die Tür und trat hinaus. Genau in diesem Moment meldete sich ihr Magen, und zwar so laut, dass es wohl jeder in dem Gang gehört hatte. Die halbe Schnitte, die ihr Herr Lehmann vor fünf Stunden gegeben hatte, war alles gewesen, was sie an diesem Tag gegessen hatte. Sie selbst hatte am Morgen, in der Aufregung, vergessen, etwas zu Essen einzupacken.

„Ich sehe, sie sind bereit für das Essen. Oder besser: ich habe es gehört", sagte der Mann und sie musste lächeln. Die Anspannung des Tages fiel etwas von ihr ab. Er nahm ihre Hand und führte sie zum Lift.

Wenig später saß sie im Restaurant und sah in die Speisekarte. Das konnte sie nie im Leben bezahlen! Entsetzt las sie die Preise, die neben den leckeren Speisen vermerkt waren. Offensichtlich hatte der Mann es bemerkt und sagte „Keine Scheu. Ich habe sie ja eingeladen und bestellen sie sich was Richtiges. Nicht nur einen kleinen Salat. Es nutzt uns beiden nichts, wenn sie die Nacht vor Hunger nicht schlafen können. Sie müssen morgen fit sein!"

Verstehend nickte sie ihm zu. Wenige Augenblicke später tauchte der Kellner auf und sie bestellten fast dasselbe. Es dauerte eine Weile, bis das Essen serviert werden konnte und in der Zwischenzeit sagte der Mann „Jetzt sind wir sozusagen privat hier. Wollen wir da nicht Du sagen?" Sie nickte und sagte „Na klar. Ich bin Birgit" „Angenehm Robby", entgegnete er und hielt ihr die Hand hin. Schmunzelnd nahm sie die Hand und sagte „Nicht, dass ich wieder eine gewischt bekomme. So, wie an der Tankstelle."

„Das hoffe ich doch nicht", antwortete er und lächelte sie an. Dann kamen die beiden Teller und endlich konnte der knurrende Magen zum Schweigen gebracht werden. „Noch ein Dessert zum Schluss?", fragte der Kellner, als er den leeren und sauberen Teller abholte. „Trau dich", forderte Robby sie lächelnd auf und sie nahm noch einmal die Karte.

Darauf standen so verführerische Sachen und auch Dinge, die sie noch nie gehört hatte. Schließlich entschied sie sich für einen Becher Vanilleeis.

Während sie das Eis genoss, überschlug sie der Preis des Essens. Das war in etwa der Gegenwert eines Wochenlohnes gewesen!

Nach dem Eisbecher erklärte Robby ihr, dass in dem Hotel auch ein Wellnessbereich zu finden war. Mit Massage, Pool und Sauna. Abwehrend hob sie die Hand, doch er erklärte ihr, dass alles im Preis inbegriffen war und da war sie schon nicht mehr so abgeneigt.

Eine schöne Massage und danach vielleicht in die Sauna? Das hatte sie sich schon ewig nicht mehr gegönnt. Robby schob ihr eines der Prospekte herüber, die auf dem Tisch lagen. Es sah wirklich alles ziemlich einladend aus. „Leider habe ich keinen Badeanzug dabei", sagte sie wehmütig, als sie den wunderschönen Pool auf dem Bild sah. „Wer braucht schon so etwas?", fragte er lachend und sagte weiter „Bademäntel und Schuhe gibt es an der Rezeption. Du musst nur danach fragen."

„Massage und Sauna klingt gut", sagte sie versonnen. „Da kannst du noch mal richtig entspannen, vor morgen", entgegnete er, als er die Rechnung zahlte und aufstand. „Danke für das Essen", sagte sie leise. „Gern geschehen", erwiderte er und schon waren sie wieder auf dem Weg zum Lift.

Unterwegs drückte er ihr noch einen Bademantel in den Arm, den er an der Rezeption geholt hatte. Auch er hatte einen bei sich. „Man sieht sich", sagte er, als er sein Zimmer aufschloss und sie nickte ihm zu.

Wenige Minuten später fuhr sie im Lift in den Keller hinunter und lag gleich darauf auf einer Massageliege. Nackt mit nur einem schmalen Tuch über dem Hintern, aber der Raum war ja abgeschlossen und niemand würde sie sehen.

Es war so herrlich, sich durchkneten zu lassen. Wenn sie eine Katze gewesen wäre, dann hätte sie jetzt sicher angefangen zu schnurren.

Die Masseurin hatte wirklich Ahnung von ihrem Geschäft und nun fiel wirklich alle Anspannung der Fahrt und des Tages von Birgt ab.

„Zum Schluss noch die Sauna!", dachte sie sich eine halbe Stunde später. Birgit stand von der Liege auf und bedankte sich. Der Weg war auch nicht weit, denn die Sauna befand sich nur zwei Türen weiter. Im Vorraum zog sie sich ein großes Handtuch um den Körper, hängte den Bademantel neben die Tür und ging in den Raum hinein.

11. Kapitel

Am Ziel aller Wünsche?

Robby war in das kleine Fitnessstudio des Hotels gegangen, um sich so richtig auszupowern und um sie zu vergessen, aber schon ewig hatte er nicht mehr trainiert und der kleine Bauch zeugte von seiner Nachlässigkeit. Früher war er besser in Form gewesen, das merkte er nun leidvoll an den Geräten. Die Übungen kannte er noch, aber die Wiederholungen schaffte er nicht mehr. Nach einer halben Stunde war er fix und fertig.

Wie ein geprügelter Hund schlich er aus dem Raum und ging zur Sauna hinüber. Hier konnten seine Muskeln wieder etwas entspannen und erholen. Er streckte sich auf der Holzbank aus und sah in den Wasserdampf hinein, der aus dem Aufgussbecken aufstieg. Robby hatte sich eines der Badehandtücher locker um die Hüften geschlungen. Zwei andere Männer verließen nach kurzer Zeit den Raum und danach saß er alleine in der Sauna. Dabei dachte er an das Essen mit Birgit zurück.

Ihr Lachen war so herzerfrischend gewesen und mit dem Tisch zwischen sich konnte sie auch nicht sehen, wie er auf sie reagiert hatte. Das seltsame Lächeln des Kellners hatte er ignoriert. Was hätte er auch sagen können? „Ich bin spitz auf sie?" Das hatte schon seine Hose verraten und dem Kellner war das offensichtlich, trotz der darüber gedeckten Serviette, nicht entgangen.

Gedankenverloren sah er auf die gegenüberliegende Wand und dachte an den folgenden Tag, um sich von Birgit abzulenken. Das musste einfach ein Erfolg werden!

Insgeheim hoffte er aber, dass sie hier herkommen würde. Zumindest hatte sie ja beim Essen so etwas angedeutet. Wie lange das aber dauern würde, das konnte er natürlich nicht wissen. Vermutlich wäre er da schon wieder aus dem Raum hinaus, denn er merkte schon deutlich, dass die Hitze nicht allzu lange durchzuhalten war.

Wo war der junge und durchtrainierte Mann hin, der er noch vor ein paar Jahren gewesen war? Der Faulheit gewichen! Genervt klatschte er sich mit der flachen Hand auf den Bauch. „Ich muss Mal wieder was tun!", sagte er laut zu sich selbst.

Er spürte, wie ihm der Schweiß als kleiner Bach über den Rücken lief.

Wie lange war er schon hier drin? Stunden? Die Uhr neben der Tür zeigte da eher Minuten an! Mist!

Gerade als er sich erheben und den Raum verlassen wollte, öffnete sich die Tür und Birgit betrat den Saunaraum.

Augenblicklich ließ er sich wieder auf die Bank fallen und zog dabei den Waschbärbauch ein. Mit Trippelschritten kam sie barfuß auf ihn zu und setzte sich auf die gegenüberliegende Bank. „Die Massage war so herrlich", schwärmte sie, während sie sich nach hinten stützte. Das große Duschhandtuch hatte sie kunstvoll mit einem Knoten über der Brust zusammengezogen. Es ließ Schultern und Beine frei, aber es bedeckte alle wesentlichen Stellen.

Gut sah sie aus und trug ihr Haar nun offen. Es hing ihr bis über die Schultern. „Du solltest dein Haar öfters offen tragen. Das steht dir", machte er ein Kompliment, um davon abzulenken, das noch etwas anders gerade stand. Lässig schlug er die Beine übereinander und legte einen Arm über den Schoß.

Birgit fuhr mit den Fingern der einen Hand durch ihr Haar und diese Bewegung machte es noch viel schmerzhafter für ihn. „Meinst du?", fragte sie und er konnte nur noch nicken. Seine Stimme hätte die Anspannung verraten, die er nun hatte.

Ablenken! Irgendein Gespräch suchen! Der nächste Tag fiel ihm wieder ein und er begann „Ich habe mit dem Chef gesprochen. Deinen Praktikumsvertrag verlängert er auf jedem Fall um weitere drei Monate und wenn das morgen etwas wird, dann steht einer sofortigen Festanstellung nichts mehr im Wege" „Wirklich?", brach es überrascht aus ihr heraus und Robby bejahte das.

Voller Freude sprang sie auf, sicherlich, um ihn dafür zu umarmen, wie ihre Geste ihm verriet. Doch das Handtuch hatte sich in der Holzbank verklemmt und beim Aufspringen löste sich daher der kunstvoll geschlungene Knoten.

Das Handtuch blieb auf der Bank und Birgit stand für einen Augenblick nackt vor ihm, bevor sie sich schnell umdrehte und das Tuch wieder vor ihren Körper zog.

„Entschuldigung", murmelte sie, als sie sich wieder zurücksetzte und die Beine übereinanderschlug. „Nichts passiert", sagte Robby und hatte immer noch das Bild in seinem Kopf. Die Frau war ausgesprochen hübsch, auch an den Stellen, die nun das Tuch wieder sorgsam verdeckte.

Er sah, wie sie rot im Gesicht wurde und den Blick niederschlug. Ihm wurde immer heißer, aber selbst wenn Robby jetzt gewollt hätte, er hätte nicht aufstehen und gehen können. Unmöglich. Das Zelt in seinem Handtuch hätte ihn sofort verraten und seine Gedanken offenbart!

Robby bekam die nackte Frau nicht mehr aus dem Kopf. Birgit war genauso schön, wie er es in den Träumen immer gesehen hatte. Ein weicher, blonder Flaum bedeckte den Venushügel: Genauso groß, wie er sein musste. Sauber abgegrenzt. Die eine Brust war etwas kleiner, als die andere. In der Hitze der Sauna hatten sich die Warzenhöfe dunkelrot gefärbt. Robby hatte ihren festen Hintern und die zwei Grübchen darüber gesehen.

Jetzt nur schnell an etwas anders denken. Doch das ging nicht, weil sie vor ihm saß und ihr Fuß ihn am Bein berührte. Wenn sie das noch zwei Minuten länger machen würde, dann wäre das Malheur geschehen. Verbissen versuchte er sich weiterhin abzulenken.

Die Frau schlug auch weiterhin ihren Blick nieder. Nach unerträglich langen Augenblicken murmelte sie noch einmal „Entschuldigung" und stand ganz vorsichtig auf. Diesmal blieb das Tuch fest um ihren Körper geschlungen. „Ich gehe dann mal auf mein Zimmer", sagte sie im Umdrehen.

Robby versuchte ein letztes Mal, den Abend noch zu retten und er fragte sie „Sehen wir uns dann noch in der Bar?" Birgit warf ihr Haar zurück und drehte sich noch einmal zu ihm zurück.

Dieser Blick über die Schulter war nun aber wirklich zu viel gewesen. Machte sie das absichtlich?

„In einer halben Stunde?", fragte sie zurück und er nickte gequält. Robby spürte schon, wie sich alles in ihm zusammenzog. Dann ging sie schnell aus der Sauna und ließ ihn in dem Raum zurück. Sein Blick lag auf ihren wiegenden Hüften unter dem Tuch. Eine Sekunde zu spät fiel die Tür zu. Das Handtuch war nicht mehr zu gebrauchen. Er würde es heimlich verschwinden lassen und sich ein neues nehmen müssen. Zum Glück war er alleine in dem Raum gewesen.

Nun war ihm die Hitze egal. Er saß mit dem Rücken zur Wand und hatte das Bild wieder vor sich. Der Körper seiner Traumfrau war genauso, wie er es nun bei Birgit gesehen hatte. Wie war so etwas nur möglich?

Grübelnd erhob er sich, griff sich ein neues Handtuch vom Stapel neben der Tür, wischte sich sauber und ging aus dem Saunaraum. Mit dem Bademantel um den Schultern folgte er ihr zum Lift. Zum Glück war sie schon nach oben gefahren. Jetzt schnell unter die Dusche und danach zur Bar.

12. Kapitel

Cola mit Schuss

Die ganze Situation war sowas von peinlich gewesen. Birgit hatte sich so über das offensichtliche Lob gefreut und dann dieses verdammte Missgeschick mit dem Handtuch. Nun stand sie mit genau diesem Handtuch nach dem Duschen vor dem großen Spiegel im Bad und sah ihren Körper an. Zum Glück war es nur der Bruchteil eines Wimpernschlages gewesen, in welchem sie dem Mann ihre ganze Unvollkommenheit präsentiert hatte.

Schnell hüllte sie sich wieder in den Bademantel. Sie mochte ihren Körper nicht. Zu ungleiche Brüste, kein flacher Bauch und Dellen an den Oberschenkeln. Der Föhn begann sein Werk und sie überlegte, ob es wirklich eine gute Idee war, das Haar offen zu tragen, statt es, wie bisher oft, zu einem Pferdeschwanz oder Knoten zusammenzuziehen.

Die Zeit jagte nur so davon. Sie beschloss, das gute Kleid anzuziehen und die Drinks an der Bar zu bezahlen. Der Mann hatte ja schon das Essen bezahlt und sie würden sicher nicht mehr wie zwei der Getränke zu sich nehmen. Schließlich hatte sie ja am nächsten Tage noch etwas vor. Das Lob hatte den Druck noch mehr von ihr genommen. Sie schwebte fast bei dem Gedanken an den gewonnen Job. Die Zweifel waren im Moment fern und wenn Robby sagte, dass es gut war, dann musste sie einfach seinem Urteil glauben.

Er würde sie ja sicherlich nicht einfach so in eine Falle laufen lassen. Oder doch? „Fort ihr Zweifel!", sagte sie laut im Bad und das Echo bestärkte sie in ihrer Auffassung.

Noch einmal das Kleid glatt ziehen. Es war ihr schönstes! Ein letzter Blick in den Spiegel. Birgit nahm die Handtasche vom Tisch und ging auf den Gang hinaus. Mit dem Lift fuhr sie in das Erdgeschoss, wo sich neben dem Restaurant auch die Bar befand. Ein paar Männer saßen schon dort, aber Robby war noch nicht eingetroffen.

Sie setzte sich so an den Tresen, dass sie den Eingang im Blick haben konnte und winkte dem Barmann ab, als dieser sie fragte, was sie trinken wollte. Ein schneller Blick in die Karte hatte ihr schon genügt. Sicherlich würde es ein teurer Abend, wenn der Mann überhaupt kam, nach

dem, was sie ihm in der Sauna unfreiwillig gezeigt hatte. Doch er hatte sie ja danach eingeladen. Hatte die Hitze seinen Blick getrübt? Oder
war sie einfach schnell genug mit dem Handtuch
gewesen?

Die Beine grazil übereinandergeschlagen saß
sie auf dem Barhocker. Das hatte sie früher mal
stundenlang geübt, nachdem sie das in einem
Film gesehen hatte. Die Zeit des Wartens dehnte
sich ins Unendliche. Wann war sie zum letzten
Mal in einer Bar gewesen? Auch das schien unendlich lange her zu sein.

Endlich erschien Robby und sie winkte ihn zu
sich. Bevor er sich setzen konnte, sagte sie noch
einmal „Entschuldigung für vorhin." Doch der
Mann winkte nur ab. Er kletterte auf den Barstuhl
und beugte sich zu ihr „Du bist eine wunderschöne Frau", sagte er ihr leise. Wollte er sie jetzt
auch noch verarschen? Oder hatte die Hitze seinen Verstand weichgekocht gehabt?

„Ich bin nicht schön", entgegnete sie trotzig,
doch er legte seine Hand auf die ihre und sagte
einfach „Doch, das bist du. Was möchtest du
trinken?" Damit wechselte er schon mal das
Thema und sie war ihm dafür dankbar. Von nun

an würde sie das Thema „Schön oder nicht schön" ruhen lassen.

Birgit zog die Karte zu sich und tippte einen der abgebildeten Cocktails an. „Zweimal Sex on the Beach", rief Robby überdeutlich laut dem Barmann zu und sie spürte, wie sie wieder rot im Gesicht wurde. Nur das Licht der Bar verhinderte, dass es jeder sehen konnte. Warum hatte sie nicht irgendetwas anderes bestellt?

Der Mann hinter dem Tresen war schnell und wenige Augenblicke später waren die beiden Cocktails auch schon vor ihnen abgestellt. Sie zog das Schirmchen und die Ananasscheibe ab, dann stießen sie an und Robby sagte „Auf ein gutes Gelingen unseres Projektes." Das Getränk war lecker. Davon hätte sie einige trinken können, wenn sie nicht am nächsten Tag nüchtern sein müsste und nicht so knapp bei Kasse wäre. Der Wodka war kaum zu spüren und doch hatte sie gesehen, wie der Barmann ihn hineingekippt hatte. Die alten Feten in der Jugendzeit fielen ihr wieder ein.

„Eigentlich trinke ich gar nicht so viel", begann sie und dachte wieder zurück. Irgendwie lockerte der Drink nun ihre Zunge und sie begann zu erzählen. „Früher gab es in der Disco immer Cola mit Schuss. Manchmal war es später auch Rum mit etwas Cola darin." Dann begann auch Robby über seine Discozeiten zu erzählen. Es war wohl in der Jugend überall ähnlich. Daraus entwickelte sich ein lockeres Gespräch über Freunde und die alten Zeiten.

Lachend und mitunter der Musik lauschend saßen sie dort und sie merkte gar nicht, dass sie schon den dritten Drink in der Hand hatte. Das realisierte sie erst, als der vierte Schirm vor ihr lag. „Ich glaube, ich sollte jetzt aufhören", hörte sie sich selbst sagen, auch wenn ihr Kopf schon nach dem fünften Getränk bettelte.

„Wir sollten jetzt wirklich auf Wasser umsteigen", pflichtete ihr auch Robby bei und daher bestellte sie mit deutlich schwerer Zunge eine Flasche Mineralwasser. Der Barmann zog zweifelnd eine Augenbraue hoch. Vermutlich bestellte hier nicht oft jemand etwas Alkoholfreies. „Mit oder ohne Sprudel?", fragte er zur Sicherheit nach. „Mit!", entgegnete sie lachend.

Aus irgendeinem Grunde musste sie nun über alles kichern. „Nie wieder Alkohol!", sauste es durch ihren Kopf, der aber immer noch nach Wodka bettelte.

Es war weit nach Mitternacht, als Robby dann sagte „Wir sollten jetzt ins Bett gehen" „Aber jeder in seins", sagte sie kichernd und setzte hinzu „Obwohl meines für drei Leute reichen würde." So ein blöder Spruch wäre ihr nüchtern wohl kaum über die Lippen gekommen. Schon alleine die Bestellung der Drinks war ihr peinlich gewesen. Zum Glück hatte sie ja sagen können „Dasselbe bitte noch einmal!"

Die Rechnung kam und zog ihr die Füße weg. Oder war es doch der Alkohol gewesen? Von einem dort stehenden Sofa aus sah sie, wie Robby die Rechnung ohne eine Gesichtsregung für sie bezahlte. Der Betrag war dreistellig geworden. Dreistellig! „Ich danke dir", stammelte sie und nun war nur noch der Weg bis in das Zimmer zu bewältigen.

Robby half ihr auf und führte sie zum Lift. Wenn er sie nicht gehalten hätte, dann hätten ihre Beine sicher nachgegeben. Die Türen schlossen sich und sie musste den Mann ansehen. Er war ihr ganz sympathisch und sah auch gut aus.

Ging da noch etwas? Wie lange war der letzte Sex her? Sie konnte sich schon gar nicht mehr daran erinnern und daran war im Moment nicht der Alkohol schuld.

Einen Augenblick später standen sie im Gang vor den Zimmern. Wie in einem inneren Zwang umarmte sie den Mann und küsste ihn.

13. Kapitel

Schöner Abend, schöne Frau

*E*s war ein sehr schöner Abend geworden und der Zwischenfall in der Sauna hatte dafür gesorgt, dass Robby ihr ziemlich entspannt gegenübersitzen konnte. Sie hatten schöne Gespräche geführt und ihr Lachen war umwerfend gewesen. Die kleinen Grübchen in ihrem Gesicht waren einfach der Hammer. Nun standen sie im Gang vor ihrem Zimmer, sie hing mit beiden Armen an seinem Hals und ihre Lippen hatten sich getroffen.

Eigentlich war er damit am Ziel. Sie war beschwipst, aber nicht zu betrunken und anscheinend zu mehr bereit. Sollte er die Situation ausnutzen? Sehnte er sich nicht schon all die Tage danach? Trotzdem war sie ja eine Kollegin und wenn sie sich darüber beschweren würde, was würde dann kommen? Sollte er einfach den Schwanz einziehen und auf den sicher folgenden Traum hoffen? „Geh aufs Ganze!", sagte sein Kopf zu ihm.

„Zu dir oder zu mir?", hauchte sie und er antwortete „Hast du nicht etwas von einem Bett für drei Personen erzählt?" Birgit löste sich kurz von ihm, konnte alleine stehen und angelte die Chipkarte aus ihrer Handtasche. Das Schloss summte und die Tür gab den Weg frei.

Er stand einen Schritt vor dem so lange herbei gesehnten Ziel. Birgit war im Zimmer und er davor. Ein Blick in ihre Augen, wenn sie nun die Tür schloss, dann würde er es schweren Herzens akzeptieren. Was nun? Sie zögerte mit der Türklinke in der Hand, dann trat sie zur Seite und gab ihm den Weg frei, so wie es die Tür zuvor schon getan hatte.

Robby ging die zwei Schritte, dann schloss die Frau die Tür mit dem Fuß und die Beleuchtung flammte auf. Die Nachttischlampe warf ein schummriges Licht in den Raum. Birgit folgte ihm und schon einen Augenblick später standen sie küssend vor dem wirklich riesigen Bett. Seine Finger glitten an ihren Hals entlang.

Da er wusste, dass sie das Kleid am nächsten Tag zur Besprechung noch brauchen würde, war er damit besonders vorsichtig und schälte sie langsam aus dem Stoff.

Mit seinen eigenen Sachen war er nicht so zimperlich und ein Hosenknopf flog davon. Dann machte er mit ihrer Unterwäsche weiter. BH und Slip folgten seiner Kleidung und einen Augenblick später landeten sie küssend in dem Riesenbett. Nackt rieben ihre Körper aneinander.

Nach ein paar Augenblicken der Umarmung und einigen langen Küssen setzte sich Robby im Bett auf, angelte seine Jacke zu sich und zog eines der Kondome aus der Innentasche. Schnell war es ausgepackt und er versuchte mit fahrigen Fingern die Gummihaut überzustreifen. Dabei war er so aufgeregt, dass ihn schon diese Berührung fast zur Explosion brachte. Hochgradig erregt drehte er sich wieder Birgit zu, legte sich auf sie und stieß zu.

Bereits mit dem ersten Stoß war er tief in ihrer Scheide. Tiefer ging es nicht mehr! Schnaufend begann er sich in ihr zu bewegen, doch nach dem dritten Stoß konnte er nicht mehr. Er zog sich aus ihr zurück und legte sich schwer atmend neben sie.

„Was ist los? Warum machst du nicht weiter?", fragte ihn Birgit. Die Erektion verschwand zusehends und das Kondom rutschte ab. Robby rang nach Atem, während sie sich eine Decke über ihren Körper zog. „Du erinnerst mich an Gina. Sie war die Gummipuppe meines Vaters und ich habe es nur einmal, als vierzehnjähriger, mit ihr gemacht!", begann er und sah das Funkeln in ihren Augen. Offensichtlich war es wenig schmeichelhaft, mit einer Gummipuppe verglichen zu werden, deshalb setzte er schnell hinzu „Du sagst nichts, du bewegst dich nicht. Du zeigst keinerlei Reaktionen!" „Bisher hat sich noch keiner beschwert!", entgegnete sie trotzig und drehte sich von ihm weg.

Robby berührte sie an der Schulter und spürte, wie sie sich von ihm zurückzog. „Lass mich!", schluchzte sie und er versuchte sie zu trösten. Das nun nutzlose Kondom landete auf dem Nachttisch und er beugte sich über sie.

„Warum bist du so? Du bist doch eine wunderschöne Frau und du verhüllst deinen Körper?", fragte er. „Ich bin nicht hübsch!", stieß sie aus und nun erkannte er das Problem der Frau.

„Moment!", sagte er, zog ihr die Decke vom Körper, die sie verzweifelt festzuhalten versuchte, und brachte die sich heftig stäubende Birgit in das Bad. Dort stellte er sie vor den Spiegel und blieb hinter ihr stehen. „Was siehst du?“, fragte er und sie hob ihren Blick.

„Dellen, ungleich große Brüste und einen ziemlichen Bauch“, stieß sie verzweifelt aus. „Falsch!“, sagte Robby laut und setzte fort, „Ich sehe eine wunderschöne und gut gebaute Frau!“ „Ach! Und deshalb hast du auch vorhin nicht weiter gemacht!“, entgegnete sie trotzig und verschränkte ihre Arme vor der Brust.

„Ich muss dir etwas gestehen“, begann Robby und suchte nach den Worten, dann setzte er fort, „Seit sechs Wochen lieben wir uns in meinen Träumen jede Nacht leidenschaftlich. Da stöhnst du, bist ekstatisch und nutzt jede Position, um zum Höhepunkt zu kommen.“ „Wir kennen uns doch aber erst zwei Wochen!“, unterbrach sie ihn.

„Ich weiß. Im wahren Leben ja. In meinen Träumen lieben wir uns schon einen Monat länger. Du verstehst, wie überrascht ich war, als der Chef dich an meinen Tisch gesetzt hat?“, fragte er und sie nickte ihm zu.

„Vielleicht kennen wir uns aus einem früheren Leben und es muss doch einen Sinn ergeben, dass ich dich getroffen habe. Oder?", fragte Robby. „Wer weiß", antwortete Birgit und legte ihren Kopf schief. Über den Spiegel sah sie ihn mit großen Augen an.

„Glaube es mir! Du bist hübsch", erklärte er weiter und setzte hinzu, „Jede Minute mit dir ist eine süße Qual für mich. Kannst du dir das vorstellen?" Sie fixierte ihn mit ihren wunderschönen Augen. „Dieser Blick ist umwerfend", erklärte er weiter und setzte hinzu, „Als du mich vorhin in der Sauna so angesehen hast, da bin ich förmlich explodiert. Ich möchte die Sauerei nicht wegmachen müssen!"

Ein Lächeln flog über ihr Gesicht und sie zeigte wieder diese süßen Grübchen. „Schau, was ein Lächeln von dir bewirkt!", sagte Robby, schob sich zur Seite und zeigte die steil in den Himmel wachsende Erektion.

„Willst du das da drin fortsetzen?", fragte sie und zeigte auf die Tür zur Schlafstube. „Nein. Ich glaube, es wird besser, wenn du es auch genießen kannst. Vielleicht bin ich in dein Leben gekommen, damit du deinen Körper lieben kannst. Nur wenn du dich selbst liebst, dann kannst du auch andere lieben und die Liebe anderer genießen", erklärte er und setzte hinzu „Wir sollten jetzt ins Bett gehen. Jeder in seines. Morgen wird ein anstrengender Tag." Sie nickte verstehend und beide verließen das Bad wieder.

14. Kapitel

Eine professionelle Arbeit

Sicher eine Stunde hatte Birgit auf dem Bett gesessen, nachdem Robby gegangen war. Sie hatte lange darüber nachgedacht, was er gesagt hatte. In die Decke gehüllt, starrte sie auf ihre Füße, die im Moment das einzige waren, was aus der schützenden Verpackung heraus-schaute. Doch auch die gefielen ihr nicht. Die großen Zehen waren zu lang für ihren Ge-schmack. Robby hatte gesagt, dass sie wunder-schön war und sie konnte ihm dies nicht glauben.

Allerdings bohrte sich da schon ein kleiner Zweifel in ihr Herz, denn er hatte es gesagt, nachdem er mit ihr im Bett gewesen war und er hatte danach das Zimmer verlassen, ohne es aus-zunutzen. Also musste doch etwas daran sein. Oder?

Der fast vergessene Traum fiel ihr wieder ein. Im Traum war sie eine andere gewesen, da hatte sie etwas dabei gefühlt, als der Mann sie berührt hatte. Warum konnte das im wirklichen Leben nicht so sein? Bisher hatte sie nie etwas beim Sex gefühlt, auch bei Robby gerade eben nicht! Den

Druck und die Bewegungen schon, aber keine Lust! Warum?

„Mutter!", sagte sie leise und die verdammte Erziehung der Frau fiel ihr wieder ein. Über Jahre hinweg hatte die Frau sie darauf konditioniert, dass Sex nur der Fortpflanzung dienen sollte. Das steckte nun immer noch in ihrem Kopf und musste dort raus!

Ihr Blick fiel auf die Uhr und sie erschrak. Schon nach drei Uhr in der Früh und der kommende Tag war der wichtigste in ihrem Leben. Der Job gefiel ihr und die Aussicht auf eine Festanstellung war das Beste, was ihr passieren konnte. Dafür musste sie aber überzeugend vor dem Vorstand auftreten und das würde wohl kaum unausgeschlafen und mit Augenringen gehen.

Schnell löschte sie das Licht und ließ sich auf das Bett zurückfallen. Doch der Schlaf kam nicht. Ihr Blick ging zur Wand, hinter der Robby vermutlich gerade von ihr träumte. Von einer anderen Birgit. Einer leidenschaftlichen und körperbewussten. Einer Frau, wie sie es auch gern sein wollte.

Konnte man da nicht einfach diese Erziehung vergessen? So, wie man einen USB-Stick einfach löschen und neu beschreiben konnte. Ein Knopfdruck und alles wird gut? Schön wäre es! Nun tropften ihre Tränen auf das Kissen und sie wusste noch nicht einmal, warum sie weinte.

Das Piepsen des Weckers riss sie aus dem Schlaf. Irgendwann musste er wohl doch gekommen sein. Verschlafen schlurfte sie in das Bad und stellte sich unter das kalte Wasser. Der Schreck des wirklich eiskalten Strahls machte sie sofort hellwach. Dann schob sie den Griff zur warmen Seite, seifte sich ein und wusch den Schlaf vollends von sich. Ihre Gedanken waren nun zweigeteilt, obwohl sie bis gerade eben noch gedacht hatte, das würde nicht gehen. Gleichzeitig dachte sie an den vor ihr liegenden Tag und auch an die vergangene Nacht zurück.

Diesen Tag durfte sie nicht verbocken und gleich würde sie Robby wiedersehen!

Beides machte ihr irgendwie Angst. Was würde der Vorstand sagen? Und was der Mann, der sie nackt gesehen hatte? Wäre alles noch so, wie am vorhergegangenen Tag? Beim Abtrocknen konnte sie im Spiegel zusehen, wie sich ihre

Gesichtsfarbe ins Rot ihres Badehandtuches wandelte und das lag nicht am Rubbeln. Es war ihr peinlich, dem Mann wieder zu begegnen. Aber warum?

In Unterwäsche ging sie zurück in das Zimmer und sah mit Erschrecken, dass es schon fast acht Uhr war. Zu diesem Zeitpunkt wollte Robby sie abholen. Nur noch fünf Minuten! „Das schaffe ich nie im Leben!", brach es aus ihr heraus. Wo war nur die Zeit geblieben?

Sie warf sich in das Kleid, raffte alles zusammen und hatte die Schuhe in der Hand, als es an der Tür klopfte. Nun war keine Zeit mehr für eine kunstvolle Frisur. Sie musste ihr Haar einfach offen tragen. Eine schnelle Handbewegung mit dem Kamm und fertig. Barfuß, mit den Schuhen immer noch in der Hand, rannte sie zur Tür. Fast wäre sie mit Robby zusammengeprallt, der direkt vor der Zimmertür stand.

„Bereit, Frau Mayer?", fragte er lächelnd. Sie hatte einen Kuss zur Begrüßung erwartet, aber die förmliche Anrede nahm ihr etwas von dem Druck. Jetzt waren sie wieder Kollegen. Sie mussten die nächsten Stunden professionell miteinander umgehen. Schnell schlüpfte sie in ihre

Schuhe und nickte. „Zuerst das Frühstück", erklärte er, nahm ihre Hand und führte sie zum Lift.

Der Frühstückraum des Hotels war gut besucht. Es dauerte ein paar Minuten, bevor sie einen freien Tisch am hinteren Ende des Raumes ergattert hatten. Mit Blick auf den großen Springbrunnen im Park hinter dem Hotel. Den hatte sie am Tag zuvor gar nicht gesehen, aber da war es ja auch schon fast dunkel gewesen. Jetzt beleuchtete die schräg stehende Sonne ihn mit rötlichem Licht. Morgendämmerung!

Die Bedienung kam und fragte nach den Wünschen. „Kaffee, Rührei, Brötchen und Marmelade", bestellte Robby und sie schloss sich ihm an. Fast sofort stand das gewünschte vor ihr, doch sie bekam davon nichts herunter. Zu aufgeregt war sie und er sah es offensichtlich. Robby erklärte ihr, zwischen zwei Bissen von dem Brötchen, „Du brauchst keine Angst zu haben. Alles wird gut."

„Du hast gut reden", entgegnete sie und hielt sich an der Kaffeetasse fest. „Heute treffen wir den gesamten Vorstand und dort stellen wir das Projekt vor. Die Einzelgespräche sind dann erst morgen", erklärte er und sie antwortete ihm „Das beruhigt mich ungemein", dabei zog sie die Stirn kraus und hoffte, dass er ihren Sarkasmus heraushörte.

„Es sind acht Männer und drei Frauen. Mit deiner Frisur hast du die Männer schon mal im Sack", entgegnete er lachend. Birgit strich sich mit den Fingern durch das Haar. „Schlimm? Oder? Ich hatte keine Zeit", entschuldigte sie sich. „Mach dir keinen Kopf. Du siehst wundervoll aus", erklärte er und zeigte auf ihr Frühstück.

Mit Mühe würgte sie den Kaffee und das Brötchen herunter. Dabei sagte Robby „Stelle dir einfach alle in dem Raum nackt vor" „Nur wenn du versprichst, dass du nicht dasselbe bei mir machst!" „Das kann ich dir nicht versprechen", entgegnete er und setzte fort, „Aber wenn ich dir helfen soll, dann sieh zu mir und reibe deinen Zeigefinger gegen deinen Daumen. Dann werde ich dir zur Seite springen." „Ich danke dir." „Und nun auf, Frau Mayer! Es geht los!", setzte er noch lächelnd hinzu.

Das Brötchen steckte als Kloß in ihrem Hals. Es würde ein Desaster werden und der Arbeitsvertrag rückte in unendliche Ferne. Sie konnte es spüren!

98

15. Kapitel

Im Zweifel für das Projekt

Der Tag war perfekt gelaufen. Besser hätte es für den Anfang gar nicht gehen können. Er saß neben Birgit im Auto und gerade waren sie auf dem Parkplatz des Hotels angekommen. „Ich habe es vermasselt", schluchzte die Frau neben ihm und er überlegte, ob sie wohl irgendwo anders gewesen war, als er. Robby nahm die Hände vom Lenkrad und wischte ihr eine Träne von der Wange. „Nein! Alles lief sehr gut", versuchte er sie zu trösten. „Aber alle waren gegen mich", sagte sie weiter und schnaubte in ein Taschentuch.

„Hallo Birgit! Das ist normal! Das ist der Vorstand. Alles, was nicht von denen kommt, ist denen erst mal suspekt", erklärte er ihr und sie sah ihn mit verheulten Augen an. „Wirklich? Und das nennst du gut gelaufen?", fragte sie und schluckte ein paar Tränen hörbar herunter.

„Ich war schon oft hier bei diesen Männern und Frauen. Wenn da keiner am ersten Tag sagt: *Raus hier*', dann ist alles gut", setzte er fort und reichte ihr ein sauberes Taschentuch. Birgit hielt ihren Kopf schief, wischte sich die Tränen ab und dabei verlief ihr Mascara. Es lag so etwas Schutzbedürftiges in ihrem Blick, darum nahm er sie in den Arm.

Für einen Moment hielt er sie so. „Morgen kommen die Einzelgespräche. Die Männer sind schon völlig begeistert. Das eingesparte Geld hat sie überzeugt", erklärte er danach weiter und setzte leise hinzu, „Frau Palhuber wird da morgen eine schwierigere Nuss für dich werden." Birgit zuckte zurück und schaute ihn an. „Na du hast ja ein Talent mich zu trösten", sagte sie schniefend.

„Sie ist deine wirkliche Chefin. Sie leitet das Rechnungswesen der ganzen Firma und ich habe schon ein paar Kämpfe mit ihr ausgefochten", sagte er. „Wer war sie?" „Die junge Frau mit den kurzen, schwarzen Haaren. Du erinnerst dich?", fragte er und sie nickte. „Die hat doch aber gar nichts gesagt", entgegnete Birgit und nun musste er schmunzeln. „Eben darum", entgegnete er und stieg aus.

Robby ging um das Auto herum und öffnete die Beifahrertür, damit sie aussteigen konnte. Verängstigt blickte sie ihn von unten aus an und er kniete sich vor sie hin. Da war wohl eine Erklärung fällig. „Sie ist nur zwei Jahre älter als ich, aber schon ganz oben angekommen. Jedes Projekt, welches nicht von ihr kommt, muss erst mal durch ihre Prüfung. Sie wird jedes Komma mit dir ausdiskutieren. Aber ich bin sicher, dass du das kannst", erklärte er ihr.

„Bist du dann auch dabei?" „Ich glaube nicht. Es ist dein Projekt und sie wird es von dir erklärt haben wollen." Birgit senkte den Kopf und die Tränen begannen wieder zu laufen.

Robby legte seine Finger unter ihr Kinn, hob ihren Kopf und wischte ihr die restlichen Tränen ab. „Ich sehe schon. Wir müssen da an deinem Selbstvertrauen arbeiten. Du bist gut und dein Plan ist brillant!", schloss er seine Rede ab, hielt ihr die Hand hin und half ihr aus dem Auto.

„Ich kann so unmöglich in das Hotel gehen. Die Wimperntusche ist verlaufen und ich sehe total verheult aus", sagte Birgit, als sie sich im Autospiegel ansah. „Du siehst wundervoll aus", entgegnete Robby. „Ach. Du willst mich doch bloß in dein Bett kriegen", erklärte die Frau und er musste schmunzeln. „Das auch, aber du bist wirklich natürlich am schönsten", erklärte Robby und zog ein neues Tempotaschentuch aus der Aktentasche.

Vor dem Seitenspiegel des Autos wischte sich Birgit die Augen sauber und ein Lächeln huschte über ihr Gesicht, als sie zu ihm aufsah. „Na bitte", rief Robby und setzte fort, „Das ist die Frau, die ich mag!"

Sie schnaubte noch einmal in das Tuch und warf es dann in einen Papierkorb. „Jetzt gehen wir noch essen", sagte er und sie setzte hinzu „Du meinst, bevor …" Robby lächelte sie an und nickte. „Ja. Bevor wir dein Selbstvertrauen aufbauen, da essen wir erst mal etwas." „Ich habe trotzdem Angst", sagte sie leise und ging neben ihm her zum Eingang des Hotels. „Wovor? Jedes Komma in deinem Ordner stimmt. Wir haben das alles dreimal durchgerechnet", erklärte er und hielt ihr die Tür auf. Birgit nickte und betrat die Lobby.

Er folgte ihr und bemerkte, wie sie vor ihm den Blick senkte. Da lag noch ein schönes Stück Arbeit vor ihnen beiden. Wenn Birgit am nächsten Tag wirklich so zu Frau Palhuber ging, dann war das Projekt gestorben.

Mit den Schlüsseln fuhren sie zu den Zimmern hoch. „Reicht dir eine viertel Stunde?", fragte er und sie nickte.

Pünktlich war sie wieder auf dem Gang und sie fuhren zum Restaurant hinunter. Auch diesmal zahlte er und bemerkte, wie Birgit jedem seiner Blicke auswich. „He du! Jetzt sind wir wieder privat hier!", erklärte er und legte seine Hand auf die ihrige. „Das ist es ja gerade. Ich muss an die letzte Nacht denken", antwortete sie und blickte auf ihren Teller. Robby schüttelte den Kopf und winkte den Kellner zu sich.

Auch dieses Mal war es derselbe, der sie schon am Abend zuvor bedient hatte. „Sagen sie bitte der Frau Mayer, dass sie wunderschön aussieht. Wenn ich es ihr sage, dann glaubt sie es mir nicht", sagte Robby und sah das Erschrecken in Birgits Gesicht. Durch die Wimpern hindurch sah sie den Kellner an, der sie nur kurz musterte. „Mache jetzt bloß keinen Fehler!", dachte Robby und sah den Mann neben sich an. „Sie sind wirklich sehr schön", sagte der Mann und ging wieder.

Die Frau sah dem Kellner hinterher, dann blickte sie ihn wieder an. „Das hat er doch nur gesagt, um ein saftiges Trinkgeld zu bekommen!", stellte Birgit trotzig fest. „Wenn du möchtest, dann kann ich jeden Mann und jede Frau in diesem Raum fragen", entgegnete er und sah die weit aufgerissenen Augen. „Unterstehe dich", sagte sie fast bittend.

Schließlich zahlten sie und gingen zum Lift. Als sich die Türen hinter ihnen schlossen, fragte er Birgit „Bist du jemals beim Sex zum Höhepunkt gekommen?" Wieder sah er die vor Schreck aufgerissenen Augen. Zaghaft schüttelte sie den Kopf. Mit einem leisen Geräusch öffneten sich die Türen und er sagte laut, „Dann komme heute Nacht für mich!"

Ein älteres Ehepaar stand vor dem Lift und die Frau lächelte sie beide an. Robby konnte den entgleisten Gesichtsausdruck von Birgit sehen. Offensichtlich war es ihr peinlich und so lange das so war, würde Frau Palhuber ein leichtes Spiel mit ihr haben.

16. Kapitel

Rausch der Gefühle

Ihr waren die Gesichtszüge entgleist. Das ältere Ehepaar hatte jedes Wort gehört und nun musste sie auch noch an den beiden vorbei, da sie aussteigen und die andere Frau in den Lift wollte. Wenn es jetzt ein Loch gegeben hätte, Birgit hätte sich hineinfallen lassen. An so etwas hatte sie noch nicht mal gedacht, geschweige denn, es auch noch laut auszusprechen. Die Frau trat vor ihr zur Seite und sie schlüpfte schnell hinaus, bevor ihr Kopf zu leuchten begann.

Warum brachte der Mann sie in solch eine peinliche Situation? Wollte er damit ihr Selbstvertrauen aufbauen? Dann war das wohl gründlich schiefgegangen!

Birgit eilte zu ihrem Zimmer. Dabei sah sie nicht zurück und zog die Karte. Das Türschloss summte, aber bevor sie hineinschlüpfen konnte, war Robby hinter ihr. Sie fuhr herum und fragte leise, „Was sollte das?", ärgerlich funkelte sie ihn an. „Ja! Lass es raus!", sagte er und sie schluckte den Zorn herunter. Hier im Gang? Laut über Sex reden? Niemals! Nicht mal im Zimmer!

Schließlich hätte es hier ja jeder hören können und dafür hätte es jetzt sicher fünf Cocktails bedurft. „Das gehört zu deinem Selbstbewusstsein dazu", begann Robby und setzte hinzu, „Erinnerst du dich, was ich dir heute Nacht gesagt habe?" „Du hast so vieles gesagt!" „Ich sagte dir, dass du nur andere lieben kannst, wenn du dich selbst liebst, und die Selbstliebe ist der wichtigste Teil der Selbstachtung!" Zaghaft nickte Birgit und fragte leise, damit es niemand hören konnte, „Und was hat das nun mit dem Sex zu tun?" „Mit Sex? Jede Menge!", sagte Robby so laut, dass es vermutlich in jedem Zimmer des Ganges zu hören war.

Sie zuckte zusammen und wollte nach hinten in das Zimmer ausweichen, aber die Tür war schon wieder verriegelt. So stand sie mit dem Rücken gegen das Holz gepresst und der Mann kam einen Schritt näher. Ausweichen unmöglich!

Robby stützte sich mit einer Hand gegen die Türplatte, kam ihr zum Kuss entgegen und beim Versuch seinen Lippen auszuweichen knallte sie mit dem Hinterkopf gegen das Holz. Auch das war wohl im ganzen Flur zu hören gewesen.

„Sehen sie Frau Mayer. Jetzt bumsen wir schon. Zwar erst mit dem Kopf gegen die Tür, aber immerhin", sagte er wieder ziemlich laut. Bevor sie eine Entgegnung finden konnte, hatte er schon seine Lippen auf den ihrigen. Sie dachte an Flucht!

Rückwärts hielt sie die Karte an das Schloss, die Tür gab nach und sie fielen beide in den Raum. Der Aufprall war sicher im ganzen Hotel hörbar! Stöhnend lag sie unter dem Mann. „Was machst du den für Sachen!", sagte er und stützte sich auf. Mit dem Fuß schloss er die Tür und sie lagen übereinander in dem Flur, der zu dem dunklen Zimmer führte.

Wieder suchten seine Lippen die ihren. Es folgte ein sehr langer Kuss. Wohl der längste, den sie jemals bekommen hatte. Dann schob sich seine Zunge zwischen ihre Lippen und sie hätte vor Schreck fast zugebissen. Zungenküsse! „Pfui!", hatte die Mutter immer dazu gesagt. Normale Küsse gingen gerade noch so! Doch irgendetwas hielt sie davor zurück, wieder auszuweichen.

Vielleicht der Schmerz des letzten Ausweichversuches?

Seine Zunge tastet sich voran und Birgit versuchte verzweifelt ihre Zunge in Sicherheit zu bringen, doch es ging nicht. Irgendwann berührten sich ihre Zungenspitzen und dieses Gefühl war unbeschreiblich. Unmerklich zuckte sie zusammen. Robby löste sich von ihr und fragte leise „Und du bist wirklich beim Sex noch nie zum Orgasmus gekommen?" „Noch nie", entgegnete sie. „Dann hattest du immer die falschen Männer", setzte er hinzu und sie hörte, wie er leise atmete.

„Und hast du es dir schon mal selbst gemacht?", fragte er nach einer Weile. „Um Himmels willen. Nein! Was denkst du von mir!", rief sie entsetzt aus. Er schnaufte unüberhörbar und fragte weiter „Bist du etwa im Kloster aufgewachsen?" „Meine Mutter war bei Nonnen im Internat" „Das erklärt so einiges", stellte er über ihr fest und sie spürte in der Dunkelheit, wie sich eine Hand über ihren Hals tastete.

„Bis vorhin habe ich an so etwas noch nicht mal zu denken gewagt. Orgasmus und Zungenküsse!", erklärte sie leise. Die Hand wanderte abwärts und berührte ihre Brust, die aber noch durch Kleid, Unterkleid und BH gut beschützt war. Es fühlte sich so gut an und an ausweichen dachte sie nun nicht mehr.

„Möchtest du es erleben?", flüsterte er ihr in das Ohr. Nun war er leise, wo es niemand außer ihr hören konnte. Noch schreckte sie der Gedanke ab. Es war irgendwie schmutzig, doch innerlich wollte sie es. Birgit zögerte, diesen Wunsch aus- zusprechen. So viel hatte sie davon gelesen und gehört und immer nur mit roten Ohren an das Verbot der Mutter dabei gedacht. „Sex darf kei- nen Spaß machen!", sauste noch einmal der Spruch der Mutter durch ihren Kopf.

Aber etwas hielt sie zurück, die Ablehnung auszusprechen. Ein Orgasmus? Selbst erfahren, wie es ist? Sie brauchte nur „Ja" zu sagten und würde es erleben können. Der dumme Kopf stell- te sich quer und der Mund verweigerte den Dienst. Sie brachte kein Wort heraus.

„Ich weiß es nicht", stammelte sie. „Da gibt es nichts zu wissen, nur zu fühlen", hauchte der Mann in ihr Ohr und küsste wieder ihren Hals. Ein Kribbeln zog über ihren Körper. „Aber meine Mutter …", begann sie und er setzte fort, „Die ist nicht hier und liegt zum Glück jetzt nicht unter mir!" Robbys Finger tasteten sich zum ersten Knopf ihres Kleides.

„Möchtest du nun einen Orgasmus erleben?", fragte er wieder leise, dann gingen seine Finger auf eine neue Erkundungstour. Offensichtlich gab er ihr noch ein paar Minuten Bedenkzeit. Wieder schob sich der fast vergessene Traum nach vorn. Seine Finger glitten vom Kleidersaum nach oben, zurück zum Knopf.

Als Robby diesen ersten Knopf öffnete, sagte eine Stimme aus ihrem Mund „Ja", obwohl sie gerade noch „Nein! Niemals! Unter keinen Umständen!", gedacht hatte. Seine Finger streiften ihren Hals und das Licht der Nachttischlampe flammte auf. „Warum machst du jetzt Licht?", fragte sie. „Weil ich dich sehen will!", erklärte der Mann, dann zog er sich die Jacke aus, gab ihr einen Kuss und setzte fort, „Ich will sehen, wenn du kommst!"

„Hier auf dem Fußboden? Auf dem Teppich?", fragte sie zweifelnd. „Egal wo!", antwortete Robby und beugte sich erneut über sie. „Du bist viel zu verklemmt! Werde erst mal locker. Wenn man sich fallen lassen will, dann nützt es nichts, wenn man so verkrampft daliegt und die Beine auch noch zusammenpresst." Birgit sah an sich herab.

Irgendwie hatte er wohl Recht. Robby kniete sich neben sie, spielte mit dem obersten Knopf ihres Kleides und sagte schließlich, „Ich werde dir eine Wanne einlassen. Das wird dich sicherlich entspannen."

Wenige Augenblicke später war er in das Bad gegangen und sie hörte, wie er das Wasser aufdrehte. Schnell setzte sie sich auf und sah zur Tür hinein. Jetzt hätte sie noch ein paar weitere Minuten. Was wäre dann? Konnte sie noch zurück? Selbstverständlich! Ein Wort würde genügen! Wollte sie zurück? Der Kopf brüllte „Ja!", aber der Bauch wollte, dass sie hier wartete.

17. Kapitel

Flüssiges Gold

Als er kurz das Zimmer verlassen hatte, musste Birgit sich wohl die Kleider vom Leib gerissen und in die Wanne gesprungen sein. Jedenfalls war er keine Minute in seinem Zimmer gewesen, um etwas zu holen. Ihre Sachen lagen völlig verstreut auf der Strecke zwischen Bett und Badtür und im Bad hatte sich eine ziemlich große Pfütze gebildet. „Ein kleiner See!", sagte er lachend von der Badtür aus.

Birgit saß in der Wanne im Seifenschaum. Nur Hals und Kopf schauten heraus. Selbst Hände und Füße hatte sie unter dem weißen Schaum verborgen. „So geht das aber nicht!", stellte er fest, zog sich die Hosen aus und sammelte ihre, im Zimmer ihre verstreuten, Sachen auf.

Zurück im Bad setzte sich Robby in Shorts und T-Shirt neben die Wanne. Das würde schwieriger werden, als er gedacht hatte. Langsam löste sich der Schaum auf, doch Birgit schaffte es, mit dem Rest alle wesentlichen Stellen zu bedecken. Nun zog er seine Finger vorsichtig durch das Wasser, welches schon nicht mehr so warm war.

Wie konnte er sie etwas lockerer machen? Er griff sich das Badetuch, hielt es ihr hin und sagte einfach „Und nun steige heraus." Für einen Moment zögerte sie, dann stand sie auf und er hatte sie in das Tuch gehüllt. Behutsam trocknete er sie ab. Trotzdem spürte er, wie sie zurückzuckte, wenn er auch nur in die Nähe einer Brust oder der Oberschenkel kam. Also zog er das Handtuch einfach fort, obwohl sie es festzuhalten suchte.

Nun stand sie wieder nackt im Bad vor dem Spiegel, so wie schon in der Nacht zuvor. Erneut bewunderte er ihren Körper und sah, wie sie vor ihrem eigenen Spiegelbild die Augen niederschlug. Zärtlich küsste Robby ihren Hals von hinten, knabberte an ihrem Ohrläppchen und glitt mit den Fingerspitzen über ihren Rücken. Sie ließ es geschehen. Offensichtlich gab es da keine „gefährlichen" Stellen, aber sie hatte sich geirrt! Er kannte ihren Körper aus seinen Träumen besser, als sie ihn wohl selbst kannte.

Behutsam, legte er seine linke Hand flach auf ihren Bauch. Nicht zu weit oben und nicht zu weit unten. Genau in der Mitte auf den Nabel. Die Fingerspitzen der rechten Hand zogen langsam den Strich ihrer Wirbelsäule nach. Robby tastete sich zu den zwei Grübchen vor, die sich über ihrem Hintern befanden.

Bei anderen Frauen mochten sie wohl nichts Besonderes sein, doch in seinen Träumen hatte er bemerkt, wie empfindlich seine Traumfrau auf Reizung an dieser Stelle reagiert hatte. War es im realen Leben genauso? Vorsichtig umkreisend bewegte er sich darauf zu und Birgit hatte immer noch nicht begriffen, was er vorhatte. Das konnte er im Spiegel in ihren Augen sehen.

Dann hatte er den Punkt erreicht. Sie zog die Luft hörbar ein und spannte den Bauch an. Überraschung lag jetzt in ihrem Blick und eine Frage, die er ihr mit einem Kuss auf den Hals beantwortete.

Sein Zeigefinger lag auf dem Nervengeflecht der Frau und dann bewegte Robby leicht seine Finger. Birgit legte den Kopf zur Seite und gab damit ihren Schutz auf. So bot sie ihm ihren Hals zum Kuss dar. Er hätte jubeln können. Eine Reihe von gehauchten Küssen bedeckte ihren Hals und der Finger kreiste weiterhin auf diesem erogenen Punkt. Birgit atmete nun stoßweise und sichtbar erregt.

Hatte er sie nun so weit? „Lege dich auf das Bett", flüsterte er ihr in das Ohr. Sie zögerte einen Wimpernschlag, dann ging sie los und er folgte ihr.

Lang ausgestreckt auf dem Rücken lag sie dort und sah ihn mit wunderschönen Augen an. Da war eine große Frage in ihrem Blick „Wenn schon so ein kleiner Punkt an der Rückseite solche Schauer durch ihren Körper jagen konnte, was konnte da alles noch geschehen?" Robby kniete sich neben sie auf das Bett und betrachtete ihren Körper.

Streichelnde Blicke glitten über ihre Rundungen und sie sagte schnell „Die sind ungleich groß. Da bekomme ich nie einen passenden BH" „Sch-scht", flüsterte er leise und setzte fort, „Nicht Reden, nur fühlen." Nun gingen seine Finger auf eine neue Erkundung. Diesmal auf der Vorderseite der wunderschönen, nackten Frau.

Von der Wange, über das Kinn und den Hals bis hin zum Bauch. Aufwärts umrundete er die Brüste und glitt wieder über ihren Hals.

Fünf langsame Runden machten seine Hände, wobei er den Busen nur sanft und kurz betupfte. Danach begann er sich zuerst der einen Brust zu widmen. So sanft wie er nur konnte berührte er ihre Brust und wechselte erst zu der anderen, als sich die eine zusammenzog und die Brustwarze deutlich fühlbar unter seinen Fingern lag.

Robby konnte die Gänsehaut von Birgit nicht nur sehen, er konnte sie auch unter seinen Fingerspitzen fühlen. Sie folgte seinen Berührungen. Dann glitt seine Hand von der Brust über den Bauch nach unten und als sie den gelockten Flaum über ihrem Venushügel berührte, sagte Birgit „Da bitte nicht!"

Er zog die Augenbrauen hoch, sah sie von unten aus an und sagte „Die Mumu zu berühren ist Pfui", dabei legte er die Hand flach über ihren Venusberg. Robby legte sich zurück, sah ihr in die Augen und setzte fort, „Das hat dir deine Mutter sicher im Kindergarten gesagt. Oder?" Birgit nickte leicht. „Birgit! Du bist nicht mehr im Kindergarten! Du bist eine erwachsene Frau und du darfst dich überall berühren!", erklärte er leise.

Trotzdem versuchte sie seine Hand dort wegzuziehen und daher begann er mit einer kleinen Geschichte. „Es war auch im Kindergarten, als ich meine erste Muschi berührt habe. Das Mädchen hieß Peggy und war meine erste große Liebe. Wir waren beide sechs Jahre alt und wollten sehen, was der andere so hat. Ich habe ihre Muschi berührt und sie hatte meinen Pimmel in der Hand. Nichts ist passiert!"

Birgit blickte ihn zweifelnd an und er setzte erklärend fort „Du wirst keinen Orgasmus bekommen können, wenn ich dir nur den Bauch kraule. Das siehst du doch wohl ein. Oder?" Wieder nickte sie zögerlich. Robby wechselte die Position und kniete sich zwischen ihre Beine, die er sacht auseinander und zur Seite schob.

Immer noch lag seine Hand auf ihrem Venusberg, doch nun zog er sie nach unten, teilte die Locken und zog ihre Vulva mit zwei Fingern auseinander. Er konnte spüren, wie sie bei dieser Bewegung zusammenzuckte. „Deine Muschi ist so wundervoll", stöhnte er auf, dabei beugte er sich hinab und blies darüber. Ein gehauchter Kuss auf ihre Vulva folgte und sie zuckte erneut zusammen, als seine Lippen sie berührten.

Von unten sah er zu ihr hinauf und fragte „Hast du sie schon mal gesehen?" Birgit sah ihn mit offenem Mund an und schüttelte den Kopf. Schnell ging Robby in das Bad und nahm seine

Position mit dem kleinen Handspiegel sofort wieder ein. „Schau", flüsterte er und zog sie mit seinem Fingern auseinander, wodurch sie selbst einen Blick auf ihr rosiges Inneres erhielt.

Er sah nicht hin, er fixierte über den Spiegel hinweg ihre Augen. Staunend betrachtete sie ihren eigenen Körper. Wie ein Kind auf Erkundung. Robby legte den Spiegel auf den Tisch und nahm den kleinen Vibrator, den er zuvor aus seinem Zimmer geholt hatte. In der geringsten Stufe begann er die Brüste der Frau zu stimulieren. Das brummende Geräusch wurde wenig später von Birgits stoßweiser Atmung übertönt.

Robby konnte spüren, dass sie bereit war! Das brummende Plastikteil wanderte nach unten und teilte ihre Vulva. Vorsichtig umkreiste er ihren empfindlichsten Punkt, ohne sich ihm zu schnell zu nähern. Schließlich drückte sie sich selbst dem Plastikstift entgegen. Immer schneller wurde ihr Atem.

„Bitte komm für mich!", sagte er leise und sie kam. Zuckend und stöhnend warf sie sich hin und her. Der brummende Vibrator in ihr trieb sie weiter.

In dem Moment, in welchem sie gekommen war, war auch er gekommen, ohne, dass er sich selbst berührt hatte. Ihr gemeinsames Stöhnen erfüllte den Raum. Robby zog seine Hand aus ihr und sah, das sie im Orgasmus seine Finger mit ihrem Saft benetzt hatte. Seine Hand sah aus, als ob sie in flüssiges Gold getaucht war.

Der Duft, den sie dabei verströmt hatte, den konnte kein Parfümeur der Welt in Flaschen füllen. Es roch nach Glück, Leidenschaft, Liebe und Wollust. Sanft streichelte er ihren Körper weiter, während sie langsam einschlief. Robby strich ihr die Haare aus dem Gesicht, betrachtete die schlafende Frau und küsste sie auf die Stirn.

18. Kapitel

Eine Falle?

$\mathscr{B}$irgit schlug die Augen auf und sah das leere und völlig zerwühlte Bett neben sich. Der Wecker des Handys piepste nervig auf dem Nachttisch herum. Gähnend setzte sie sich auf, streckte sich und schaltet das Gerät auf stumm. Hatte sie erwartet, dass Robby neben ihr geblieben wäre? Sie wusste es nicht. Nackt hatte sie im Bett gelegen und war nur halb zuge-deckt gewesen. Wann hatte sie zuletzt einmal nackt geschlafen? Sie konnte sich nicht mehr da-ran erinnern, so lange war das schon her.

Jedenfalls war das der beste Schlaf seit lan-gem gewesen. Der beste Sex sowieso! Schnell schlug sie die Decke zurück, setzte die Füße aus dem Bett und ging in Richtung Bad. Doch auf der halben Strecke wurde sie gestoppt. Auf dem Tisch lag etwas und sie trat näher.

Robby hatte ihr eine weiße Rose, den kleinen blauen Vibrator und eine Karte auf den Tisch gelegt. „Ich danke dir", hatte er mit einer schönen Handschrift darauf geschrieben. „Nicht trödeln", mahnte eine Stimme in ihrem Kopf und sie riss sich von seiner Botschaft los. Nackt lief sie in das Bad, wo sie sich im Spiegel sah. Das Bad war ein Schlachtfeld! Ihr rettender Sprung in die Wanne hatte alles überflutet und insgeheim bedauerte sie die arme Reinigungskraft, die das Chaos wieder richten musste. Nun kam sie von ihrem Bild im Spiegel nicht mehr los, bis die mahnende Stimme in ihrem Kopf sie anschrie „Mädel! Beeile dich!"

Erschrocken sprang Birgit unter die Dusche. Diesmal gleich mit warmen Wasser. Der sanfte Strahl aus dem Duschkopf tat so gut und weckte die Erinnerungen. Das warme Gefühl kam wieder in ihren Bauch zurück und der Strahl blieb einen Augenblick zu lange auf ihren Schoß gerichtet, bevor die mahnende Stimme sie wieder zur Eile trieb.

Seufzend stellte sie das Wasser ab, trocknete sich ab und zog sich an. Da sie mit einer Frau verhandeln musste, entschied sich Birgit für ein einfaches Make-up. Kajal, dezenter Lidschatten und etwas matter Puder. Dazu ein Lippenstift in Rosa. Sie sah sich in dem kleinen Handspiegel an und dachte an das Bild zurück, welches er ihr in der Nacht gezeigt hatte.

„Mutter! Ich hasse dich!", stieß sie aus und dachte an all die verpassten Möglichkeiten. Es klopfte und sie rannte los. Wieder mit den Schuhen in der Hand. Als sie die Tür aufriss, stand Robby direkt vor ihr. Er hatte sich an die Wand neben der Tür gelehnt und fragte ganz lässig „Na Frau Mayer? Bereit?" „Gleich!", sagte sie, zog ihre Schuhe an und suchte schnell die Handtasche und den Ordner.

Zusammen gingen sie zum Lift und darin sagte sie, „Ich danke dir für diese Nacht." „Es war auch für mich sehr schön", entgegnete der Mann und die Tür des Liftes öffnete sich. Wieder war der Frühstücksraum ziemlich voll und der einzige Tisch war genau neben dem älteren Paar, das sie am Abend vor dem Lift getroffen hatten. Die Frau nickte ihr zu und Birgit spürte, wie ihre Wangen von selbst etwas Rouge auflegten. Sie nickte zurück und die Frau zwinkerte. Sicherlich hatte sie die Worte von Robby und die Geräusche in der Nacht richtig gedeutet. Ihr Zimmer lag ja dem ihrigen gegenüber.

Diesmal frühstückte Birgit ausgiebig. Mehr, als sie sonst zu sich nahm. Ihr Körper schien regelrecht ausgehungert zu sein. „Sind wir dann heute wieder zusammen bei der Beratung?", fragte sie schließlich und Robby schüttelte den Kopf.

„Ich berate mich mit den Männern. Deine Aufgabe ist Frau Palhuber. Aber das schaffst du schon", erklärte er ihr, aber wenn er ihr das zutraute, warum sollte sie dann zweifeln?

Das alte Ehepaar am Nebentisch ging und sie beide brachen wenig später ebenfalls auf. Nun musste sich zeigen, ob sie genug Selbstbewusstsein für das Projekt hatte. Jedenfalls fühlte sie sich im Moment großartig. Immer noch strömten die Glücksgefühle durch ihren Körper.

Im Auto fragte sie den Mann neben sich „Wo hast du eigentlich den Vibrator her gehabt? Hast du so etwas immer bei dir?" „Nein. Den habe ich gestern in der Mittagspause gekauft. Ich dachte, es würde dir gefallen." „Es war der Hammer!", sagte sie und zog den etwa daumengroßen Plastikstift aus der Handtasche. „Du hast ihn mit?", fragte er überrascht und Birgit ließ ihn kurz aufbrummen. Lächelnd verwahrte sie den Freudenspender wieder. Er würde ihr die Sicherheit geben.

Ein paar Minuten später rollten sie auf den Parkplatz vor dem Firmengelände. „Showtime!", sagte Robby und hielt ihr die Autotür auf.

An der Tür des Gebäudes holte sie tief Luft und Robby sah besorgt aus. „Alles gut!", sagte sie lachend und klopfte gegen die Handtasche. Robby nickte ihr zu, hielt ihr die Tür auf und gab ihr den Weg frei. Jetzt galt es!

Derselbe Weg wie am Tag zuvor. Verschlungene Treppen und wenig später standen sie in der Etage des Vorstandes. Noch war keiner von denen anwesend, wodurch sie noch eine Kaffeepause in einem Raum machen konnten. Durch die offene Tür konnten sie den Empfang sehen und es dauerte sicher drei Kaffee, bis alle anwesend waren. Die letzte vom Vorstand war Frau Palhuber gewesen. Nun wollte aber erst mal der Kaffee wieder heraus. „Ich muss mal", sagte sie und Robby entgegnete schelmisch „Die Handtasche bleibt aber hier!" „Blöder Kerl", sagte sie leise, musste aber lächeln.

Es war fast zehn Uhr, als Birgit endlich im Vorzimmer von Frau Palhuber angekommen war. Ein älterer Mann ging mit ihr schon mal das Dokument durch. Er saß neben ihr am Tisch und nach einer Weile lag seine Hand auf ihrem Knie. Mit jeder Seite, die er durchsah, rutschten seine Finger ein kleines Stück an ihrem Oberschenkel weiter hoch. Nach fünf Seiten waren sie deutlich im roten Bereich. Als der Mann begann auch ihr

124

Kleid hochzuschieben, legte sie ihre Hand auf die seine und hielt diese fest.

„Wollen sie nun das Projekt oder nicht?", fragte der Mann und versuchte erneut ihr Kleid nach oben zu schieben. „Ja! Aber so nicht! Lassen sie das!", entgegnete Birgit gereizt. „Na schön. Sie haben es ja so gewollt!", sagte der Mann und klatschte einen Stempel auf die letzte Seite, dann kreuzte er etwas an und unterschrieb.

Verwirrt stand sie einen Moment später mit dem Ordner in der Hand wieder auf dem Flur. Hatte sie gerade alles verspielt? Aber wäre ihr das die Sache wert gewesen? Nein! Sie wollte doch das Projekt ehrlich haben und nicht auf dem Schreibtisch liegen, um den Mann gnädig zu stimmen. Sie wusste doch, was sie konnte. Oder etwa nicht? Auf einem Sessel im Flur sitzend, haderte sie mit ihrem Schicksal, bis Frau Palhuber sie hereinrufen ließ.

Nun folgten vier Stunden, in denen die Frau jede Zeile, jeden Strich und jedes Komma mit ihr ausdiskutieren wollte. Zwanzig Seiten in vier Stunden! Auf der letzten Seite fragte sie dann plötzlich, „Haben sie noch etwas zu sagen?", und Birgit stutzte. Vielleicht hatte sie die Ablehnung des anderen Mannes gerade erst gesehen. Sollte sie etwas dazu sagen? Birgit schluckte und fasste sich ein Herz. „Dieser Mann da hat mich ziemlich unsittlich berührt", brachte sie leise heraus.

„Ich weiß", gab ihr die Frau zurück. „Sie wissen das?", stieß Birgit aus. „Natürlich. Das war ein Test, wie weit sie für das Projekt gegangen wären. Ob sie es wirklich wollen oder sich nur hoch schlafen wollen." Birgit spürte, wie ihr Gesicht einfror. „Das war eine Falle?", brach es aus ihr heraus. Die Chefin nickte. „Wie weit wäre er gegangen?", fragte Birgit sonderbar leise. „Hätte er ihr Höschen berührt, dann wäre das Projekt gestorben und sie wären gefeuert!"

„Und sie hätten eine Klage wegen sexueller Belästigung am Arbeitsplatz am Hals!", erklärte Birgit trocken und lehnte sich zurück. Nun schluckte die Chefin. „Sie würden mich verklagen?", fragte sie seltsam heißer. „Natürlich!" „Nach gestern hätte ich sie nicht so eingeschätzt. Ich habe gedacht, sie sind auch nur so eine graue Büromaus, die den Mund hält und alles mitmacht." „Das war vielleicht gestern. Aber so will ich nie wieder sein!", stellte Birgit fest.

Die Chefin holte einen Stempel und knallte diesen auf die letzte Seite. „Genehmigt" und ihre Unterschrift standen nun darauf. „Auf gute Zusammenarbeit Frau Mayer", sagte sie und gab ihr die Hand. „Ja. Danke Frau Palhuber. Und lassen sie so etwas bitte", entgegnete Birgit und zeigte auf die Tür, hinter welcher der Mann saß.

Dann stand sie mit dem Ordner auf den Flur und dachte „Gewonnen!" Innerlich jubelte sie und hätte vor Freude tanzen können. Aber ein bitterer Beigeschmack blieb.

19. Kapitel

Eine besondere Nacht

Deutlich besser gelaunt als am Tag zuvor saß Birgit neben ihm im Wagen. Das Projekt war genehmigt! Alles war gut, aber dennoch schien etwas sie zu bedrücken. „Raus mit der Sprache! Was ist los?", fragte Robby, bevor er den Zündschlüssel in das Schloss schob. „Es war eine Falle!", brach es aus Birgit heraus. „Was?", fragte er nach und sie begann stockend von sich und dem Sekretär der Chefin zu erzählen. „Ich hätte nicht gedacht, dass sie so gemein sein kann!", stieß Robby hervor. Dann setzte er hinzu „Du könntest sie immer noch verklagen. Auch ohne Zeugen würde das gehen!", doch sie winkte ab.

„Heute will ich feiern!", sagte sie und fragte weiter, „Hast du heute schon was vor? Ich meine heute Nacht?" Überrascht antwortete er ihr, „Noch nicht!" „Dann wiederhole ich mal deinen Spruch von gestern: komm für mich!", hauchte Birgit und dabei zwinkerte sie ihm zu.

„Ups! Wo ist denn die Birgit von gestern Abend hin?", fragte er lachend und drehte den

Zündschlüssel um. Der Motor startete, das Auto summte und sie lachte. „Fortgebrummt!", antwortete sie und zeigte das bezauberndste Lächeln, das er sich vorstellen konnte.

Einen Augenblick später war sie wieder nachdenklich und als das Auto losrollte, da sagte sie „Gestern Nacht, das war so wunderschön! Ich habe so viel verpasst. Nur, weil meine Mutter mir das von klein auf so beigebracht hat!" „Vielleicht hattest du auch nur die falschen Männer. Dazu muss man sich fallen lassen können. Man muss den Kopf frei haben und genießen können", setzte er ihr entgegen, doch sie zog den kleinen blauen Plastikstift aus der Tasche und ließ ihn aufbrummen. „Dazu braucht man keinen Mann", sagte sie und versteckte den Vibrator wieder in ihrer Handtasche. „Ich erinnere mich an meine Mutter, der hätte ich damit auch nicht kommen dürfen. Frauen und Orgasmus! Furchtbar!", erklärte Robby nachdenklich.

Eine Weile fuhren sie schweigend die Straße entlang, während Birgit offensichtlich über vieles nachdachte. Dann sah sie ihn an. „Vielleicht hat meine Mutter in ihrem Leben nie einen Orgasmus gehabt", setzte Birgit ihm entgegen. „Nicht nur vielleicht. Ganz sicher nicht! Sonst hätte sie dir etwas anderes erzählt!", sagte er laut und bog in die Straße zum Hotel ab.

„Noch einmal zum Kommen und Gehen", begann er und sah sie von der Seite aus an, während das Auto auf den Hotelparkplatz rollte. „Eigentlich sind wir zwei in der letzten Nacht schon zusammen gekommen. Es war so intensiv und ich habe meine Shorts heute früh verschwinden lassen", erklärte er lachend. Das Auto stoppte und sie zog die Augenbrauen hoch. „Das will ich sehen. Heute Nacht!", legte sie fest und hatte den Griff der Tür schon in der Hand.

„Zuvor noch ein Cocktail zur Feier des Tages?", fragte Robby. „Jeder nur einen und ich bezahle!", entgegnete sie lachend und stieg aus. Robby hatte alle Mühe, sie bis zur Eingangstür des Hotels einzuholen. Dort hielt sie ihm die Tür auf. „Herr Lehmann. Nach ihnen!", sagte sie lachend. „Gleich in die Bar? Oder erst hoch?", wollte er wissen. „Erst in die Bar und wer unartig ist, der geht ohne Essen in sein Bett", lachte sie. „Oder in deines!", entgegnete er verschmitzt.

Mit den beiden Aktentaschen auf dem Schoß saßen sie wenige Augenblicke später in der Bar und Birgit rief laut „Zweimal Sex on the Beach!"

Der Barmann lächelte ihr zu und sagte „Wer möchte das nicht, mit so eine schönen Frau?" Für einen Moment schien es so, als ob Birgit wieder in die alten Muster zurückfallen würde, denn sie schlug die Augen nieder, doch nur einen Wimpernschlag später konterte sie „Warum nicht! Wenn hier ein Strand wäre!"

Der Mann lachte und mixte die Drinks. Sie beide stießen an und nippten an den süßen Getränken. „Ich denke mal, mit der Unterschrift von Frau Palhuber ist dann auch dein Arbeitsvertrag unterschrieben", sagte er und sie nickte. „Da kann ich meinem Sohn endlich das versprochene Weihnachtsgeschenk kaufen. Da freut er sich schon so lange drauf." „Wie alt ist er denn?" „Acht Jahre. Ich habe die ganze Zeit gedacht, ich bin eine Rabenmutter, weil ich ihn die letzten Tage kaum angerufen habe. In der Mittagspause habe ich es versucht und er hat gesagt: Mutti mach dir keinen Kopf!"

„Du musst ab und zu was für dich tun, dann tust du gleichzeitig auch was für ihn", sagte Robby und nahm einen Schluck. Dann setzte er hinzu „Wenn du glücklich bist, so wird er es auch sein!" „Wohl wahr", entgegnete sie und biss in die Ananasscheibe. Beide tranken aus und sie winkte den Barmann zu sich. Die Rechnung kam und der Mann wünschte ihr eine gute Nacht. Frech konterte Birgit „Die werde ich sicher haben!" Das verschmitzte Lächeln des Mannes war Vielsagend.

Kichernd lief sie vor Robby zum Lift. Als sich die Türen schlossen, da umarmte und küsste sie ihn. Die Tür öffnete sich und das alte Ehepaar stand wieder vor der Tür. Birgit schlüpfte hinaus in den Flur und die ältere Frau wünschte ihnen „Viel Spaß!"

Sekunden später waren sie an der Tür und diesmal fielen sie nicht in den Raum, sondern liefen hinein. „Wanne?", fragte er und sie antwortete, „Wanne!"

Sie waren beide nackt, bevor das erste Wasser in die Wanne gelaufen war. Zu zweit im warmen Wasser sitzend, seiften sie sich gegenseitig ein, obwohl das eher ein zärtliches Streicheln als ein waschen war. Weitere Küsse folgten, Fingerspitzen und Lippen gingen auf Entdeckungstour, was im Wasser aber eher schwierig war. Daher standen sie wenig später auf und trockneten sich gegenseitig zärtlich ab. Schließlich stellte sich Robby hinter sie, drehte sie zum Spiegel um und küsste wieder ihren Hals.

Er hob seine Lippen zu ihrem Ohr und flüsterte „Ich habe mal ein Gedicht von Bertolt Brecht gelesen, das hat mir sehr gut gefallen und es passt hierher." Erstaunt zog sie die Augenbrauen hoch und er flüsterte weiter „Es heißt: *Über die Verführung von Engeln*", erneut küsste er ihren Hals, dann begann er leise:

„Engel verführt man gar nicht oder schnell.
Verzieh ihn einfach in den Hauseingang
Steck ihm die Zunge in den Mund und lang
Ihm untern Rock, bis er sich nass macht, stell
Ihm das Gesicht zur Wand, heb ihm den Rock
Und fick ihn. Stöhnt er irgendwie beklommen
Dann halt ihn fest und lass ihn zweimal kommen
Sonst hat er dir am Ende einen Schock.

Ermahn ihn, dass er gut den Hintern schwenkt
Heiß ihn dir ruhig an die Hoden fassen
Sag ihm, er darf sich furchtlos fallen lassen
Dieweil er zwischen Erd und Himmel hängt

Doch schau ihm nicht beim Ficken ins Gesicht
Und seine Flügel, Mensch, zerdrück sie nicht."

„Du siehst mir aber gerade in mein Gesicht und ich bin auch kein Engel", begann Birgit und küsste ihn. „Aber das mit dem zweimal Kommen, das wäre was für mich", hauchte sie lächelnd.

„Ihr Wunsch sei mir Befehl Madame", sagte er, erwiderte ihren Kuss, schob seinen Arm unter ihre Knie und hob die nackte Frau auf seine Arme. Mit ein paar eiligen Schritten war er mit ihr am Bett und legte sie dort langsam ab.

Erneut begann er mit Fingerspitzen und Lippen ihren Körper zu erkunden. Zärtlich streifte er ihre Haut. Robby kannte ihre intimsten Stellen aus seinen Träumen so gut, dass sie schon wenig später schwer zu atmen begann. Diesmal kam sie sogar, ohne dass er den Vibrator benutzen musste. „Nummer eins!", flüsterte er ihr ins Ohr, während er sich ein Kondom überstreifte.

Nun machte er in einem wahren Rausch weiter. So, als ob es kein Morgen gebe! Hart und tief drang er in sie ein. Birgit war vom gerade erlebten Höhepunkt noch so empfindlich, dass jeder Stoß sie aufstöhnen ließ. Und auch er brauchte nicht mehr lange.

Gemeinsam schrien sie ihre Lust heraus. „Lass es mich sehen!", hauchte sie. Robby zog sich aus ihr zurück, nahm das Kondom ab und presste mit der Hand die letzten beiden Schübe seines Samens auf ihren nackten Bauch. Birgits Fingerspitzen tasten sich dorthin und verrieben seinen Saft. Schnaufend fiel Robby neben sie und noch einmal begannen sie sich gegenseitig zu streicheln. Schließlich schlief sie dabei entspannt ein.

Leise schnarchte sie einen Augenblick später. Erschöpft und glücklich schlief auch er bald darauf ein.

20. Kapitel

Letzte Ausfahrt: Hasenheide

*E*in neuer Morgen und diesmal wurde sie ohne Wecker wach. Robby lag hinter ihr und hatte sich im Schlaf an ihren Rücken geschmiegt. Beide waren sie noch nackt und es störte sie nicht mehr. Er hatte einen Arm unter ihrem Kopf und der zweite Arm lag auf ihrem Bauch. Seine Finger schienen auch im Schlaf mit ihren Löckchen gespielt zu haben, denn seine Fingerspitzen lagen auf dem Anfang ihrer Vulva, genau dort, wo sie so empfindlich auf ihn reagiert hatte. Ach könnte er sie doch nur jetzt genau dort streicheln, doch der Mann schnarchte leise und sie hätte seine Hand zur Seite schieben müssen, um sich dort zu berühren.

Birgit sah zur Decke hinauf und dachte daran zurück, wie sie vor ein paar Tagen dieses Zimmer betreten hatte. Alles war anders geworden und nun ging es wieder heim! Der Sohn wartete! Quakend begann der Wecker den Tag zu begrüßen und nun musste sie sich bewegen. Das weckte allerdings den Mann, der sich über sie beugte.

Zärtlich streichelte er ihr Gesicht, küsste sie und fragte „Alles OK bei dir? Du siehst so traurig aus." „Alles gut", gab sie zurück und versuchte aufzustehen, doch Robby hielt sie im Bett.

Erst eine viertel Stunde und ein Kondom später konnte sie sich lachend aus seinen Händen befreien. Schnell lief sie in das Bad, doch bevor sie das Wasser angestellt hatte, da war auch Robby schon neben ihr unter der Dusche. Zum Glück war die Kabine groß genug. Trotzdem sah an diesem Morgen das Bad nach der gemeinsamen Dusche erneut wie ein Schlachtfeld aus.

Nachdem sie sich angezogen und geschminkt hatte, fragte sie Robby „Kannst du mir fünfzig Euro leihen? Ich möchte sie der Reinigungsfrau als Entschuldigung für die Mehrarbeit geben." Er zog den Schein aus seiner Geldbörse und sie klemmte diesen unter die leere Wasserflasche. Ein Zettel mit „Danke" kam noch hinzu. Robby ging in sein Zimmer, um zu packen und auch sie verstaute den Inhalt des Schrankes wieder in ihrem Koffer.

Sie warf noch einen letzten Blick in das Zimmer. Hatte sie etwas vergessen? Ja! Ihre Verklemmtheit! Aber die ließ sie liebend gern hier zurück. Mit dem Koffer trat sie in den Gang hinaus und im selben Moment öffnete sich die gegenüberliegende Tür. Die ältere Frau trat ebenfalls heraus und lächelte sie an.

Zwei wissende Frauen nickten sich zu und wendeten sich dem Lift zu. Hinter ihr trat Robby mit seinem Koffer auf den Hotelflur.

Fünf Minuten später waren die Koffer im Auto verstaut und sie saßen im Frühstücksraum. Nun wurde ausgiebig geschlemmt. Honigbrötchen, Kaffee und Erdbeerjoghurt. „Glaubst du, dass ich heute schon den Arbeitsvertrag bekomme?", fragte sie und Robby wiegte den Kopf hin und her. „Die Zusage sicher, den Vertrag bestimmt erst nächste Woche", erklärte er und wischte sich den Mund mit der Serviette ab. „Schön war es hier", sagte sie fast traurig.

„Freitag! Da ist sicher eine Menge los auf der Autobahn", setzte er hinzu und es war deutlich, dass er sie zum zügigen Aufbruch drängen wollte. Ein letzter Schluck Kaffee und sie waren in der Lobby.

Den Schlüssel abgeben und ab zum Auto! Auf dem Parkplatz blieb Birgit einen Moment stehen. Fröstelnd zog sie sich die Jacke um die Schultern.

Es war noch nicht lange hell. Ein regnerischer Tag im November und selbst der Himmel schien darüber zu weinen, dass sie von hier fort mussten. Aber nun begann doch ein neues Leben! Birgit freute sich auf ihren Sohn und augenblicklich riss der Himmel auf. Die Sonne schien auf ihr strahlendes Gesicht. „Auf geht es!", rief Robby und hielt ihr die Tür des Autos offen.

Wenig später ließ Robby den Wagen aufheulen und schon zogen sie in Richtung Autobahn davon. „Hoffentlich kommen wir in keinen Stau", sagte er und blickte nach vorn. Nach einer Weile setzte er fort, „Du weißt, dass das Enden muss, was hier begonnen hat. Zumindest das zwischen uns. Ich bin verheiratet und wir sind ja Kollegen, aber sicher findest du nun auch jemanden für dich."

„Schade", sagte sie und sah Robby von der Seite an. „Ich weiß, dass unsere Seelen sich schon lange kennen und sicher sollte ich dir das alles hier beibringen. Doch nun ist meine Aufgabe erfüllt. In der letzten Nacht habe ich auch nicht mehr von dir geträumt", sagte er weiter und schien darüber traurig zu sein.

„Ja. Ab heute Nachmittag sind wir wieder Herr Lehmann und Frau Mayer", entgegnete Birgit und sah zum Seitenfenster hinaus, auf die schnell dahin fliegenden Schilder neben der Autobahn. „Wir werden sicher Freunde bleiben. Mal auf ein Bier gehen oder zum Kegeln. Aber Sex wird es dann wohl nicht mehr geben", erklärte er weiter.

„Und auf der Fahrt? Ich fühle mich gerade so, wie eine rollige Katze, die den Kater gerochen hat", sagte sie leise. „Ich muss fahren", sagte er traurig und setzte dann hinzu, „Aber du hast ja beide Hände frei!" Forschend sah sie ihn an. Meinte er das gerade ernst? Hier? Im Auto? Während der Fahrt? Was sprach eigentlich dagegen? Nichts! Nur aus dem Führerhaus eines LKWs hätte man in das Auto hineinsehen können.

Birgits Blick ging nach hinten, wo die Handtasche auf dem Rücksitz lag. Einmal kurz den Arm ausgestreckt und sie hatte den Riemen in der Hand. Danach suchte sie den Vibrator. Er war so klein, dass man ihn leicht in dem Durcheinander übersehen konnte. Schließlich hatten ihre Fingerspitzen die genoppte Kappe ertastet. „Wie lange reichen eigentlich die Batterien?", fragte sie, während sie die Tasche nach hinten warf.

Robby schmunzelte und antwortete ihr „Sicher ein paar Stunden, aber ich habe noch Ersatzbatterien in meiner Aktentasche." „Und es macht dir wirklich nichts aus?", fragte sie noch einmal zur Sicherheit nach, doch er schüttelte den Kopf.

Es war wie ein innerer Zwang. Birgit öffnete einen Knopf ihrer Bluse und schon die eine Hand suchend nach innen. Als ihre Fingerspitzen das Körbchen berührten, schob sie die andere Hand mit dem brummenden Stab unter den Rock und suchte einen Weg am Höschen vorbei. Mit geschlossenen Augen lehnte sie sich zurück und genoss die Vibrationen. Das Brummen ging in den Fahrtgeräuschen vollkommen unter. Es dauerte auch nicht lange, bis sich alles in ihr zusammenzog und anschließend wieder entspannte.

Mit einem Seufzer schlug sie die Augen auf und richtete ihre Kleidung. Jetzt war sie herrlich entspannt! Plaudernd ging die Fahrt weiter. Die Autobahn war fast leer. Irgendwann kam das kribbelnde Gefühl erneut in ihren Unterleib und sie sagte „Schade, dass du kein Kondom mehr hast" „Wer sagt denn so etwas? Eines habe ich noch!", entgegnete er.

Sofort war sie wieder wie unter Strom. „Wollen wir? Ein letztes Mal noch?", fragte sie und er antwortete, „Da wäre ich nicht abgeneigt!" Sie zeigte auf ein Schild, auf welchem „Parkplatz Hasenheide 500 Meter" stand.

Robby setzte den Blinker und zog zur Seite weg. Hoffentlich war nicht so viel los auf dem Parkplatz. Der Platz öffnete sich vor ihnen. Er war vollkommen leer und die einzelnen Parkplatzbuchten waren durch Hecken voneinander getrennt.

„Perfekt!", sagten beide gleichzeitig und mussten darüber lachen. „Denke an dein Gedicht … dann halt ihn fest und lass ihn zweimal kommen …!", forderte ihn Birgit lachend auf, als er in eine der Buchten einbog.

21. Kapitel

Neue Chancen?

*R*obby saß im Auto auf dem Firmenparkplatz und sah durch die Scheibe in den Abendhimmel. Vor ein paar Minuten waren sie pünktlich zum Feierabend angekommen und jetzt war Birgit auf dem Weg nach Hause. In den fünf Stunden der Fahrt war sie dreimal im Auto gekommen und zweimal auf der Bank auf dem Autobahnrastplatz. Es war, als hätte er mit seinen Fingern in ihr ein Monster erweckt, doch der Ritt war gigantisch gewesen.

Ein angemessener Abschied von dem, was er nur ein paar Tage gehabt hatte und nun nicht mehr haben würde. Irgendwie hatte er wohl die in ihr aufgestaute Lust geweckt und wie bei einem befreiten Flaschengeist, so ließ diese sich nun nicht mehr zurückhalten. Die Frau war der helle Wahnsinn und er dachte wehmütig an die vergangenen Tage zurück.

Der Arbeitsvertrag war Birgit zugesichert worden und nun waren sie Kollegen. Sie würden Seite an Seite nebeneinander arbeiten. Birgit hatte wieder diesen unbeschreiblichen Duft verströmt, den er sogar jetzt noch in seinem Auto riechen konnte und obwohl sie ihn auf der Bank bei ihrem Orgasmus regelrecht gemolken hatte, hätte er jetzt schon wieder gekonnt.

„Nach Hause!", sagte er laut und drehte den Zündschlüssel. Derselbe Weg, wie immer. Es musste sich etwas in seinem Leben ändern. Das hatte ihm diese Woche gezeigt. Hatte er seine Frau betrogen? Vielleicht oder ganz sicher. Nun folgte entweder ein Neuanfang oder das Ende der Ehe. In einer Stunde würde sich entscheiden, wohin der Weg ihn führen würde, doch er wusste nun, dass es so nicht weiter ging.

Robby öffnete die Fenster des Autos und der Fahrtwind zog Birgits Duft nach draußen. Schade eigentlich. Hätte man das in Flaschen füllen können, es wäre ein wahres Aphrodisiakum gewesen. Zumindest für ihn.

Wieder gingen seine Gedanken zurück zu der anderen Frau. Auf der Fahrt hatte er sie im Spiegel angesehen, wie sie neben ihm gesessen hatte. Die Augen geschlossen und nur dem Genuss verpflichtet. Keine Sorgen, keine Zweifel. Nichts! Nur pures Gefühl! Wollust! Einfach Leidenschaft! Und das wollte er auch! Wer eigentlich nicht?

Er bog in die Straße ein und sah sein Haus. Die Fenster hell erleuchtet, als wären sie ein Leuchtturm. In der Einfahrt zögerte er, diesen letzten Schritt zu gehen.

Alles beim Alten lassen? Oder Neuland betreten? Das zweite! Egal wohin es führen würde! Robby stieg aus, verschloss den Wagen und ging zur Haustür. Was würde ihn erwarten? Hoffentlich seine Frau, aber das Licht war ja schon an. Schritt für Schritt stieg er die Treppe hoch. Robby öffnete die Wohnungstür und stellte den Koffer im Flur ab.

„Schatz! Ich bin wieder da!"", sagte er und warf den Schlüssel in die steinerne Schale neben der Tür. Kein Wort, nur das Klappern von Geschirr. Hatte sie ihn nicht gehört? Oder ignorierte Rita ihn? Hatte sie schon den Schlussstrich unwissentlich gezogen? Er atmete durch, zog sich die Jacke aus und hängte diese an die Garderobe.

Jetzt galt es! Er folgte den Geräuschen aus der Küche und trat in den Raum. „Hallo Hase! Ich habe dich gar nicht gehört!", sagte Rita und sah ihn kurz an. Dann wendete sie sich wieder dem Geschirr zu. Er trat hinter sie, strich ihr das Haar aus dem Nacken und küsste sie auf die Seite ihres Halses. „Hattest du eine schöne Fahrt?", fragte sie und ließ ihn ratlos zurück.

Irgendwie hatte er wohl eine andere Reaktion erwartet. Vielleicht war er durch Birgit zu verwöhnt gewesen. Entschlossen drehte er seine Frau zu sich um, gab ihr einen langen Kuss und nahm ihr das Geschirr aus der Hand. Allerdings war ihm im Moment doch nicht mehr nach reden. Etwas anderes musste nun getan werden! Zärtlich strich er ihr durch das Haar und über die Seite ihres Halses. „Moment mal. Ich muss …", begann sie, bevor er ihren Mund mit einem neuen Kuss verschloss.

Hier gab es nichts zu erklären! Er hob seine Frau auf seine Arme und trug sie zum Schlafzimmer hinüber. Nun hatte sie offensichtlich verstanden. Keine Worte mehr, nur noch Küsse. Die Leidenschaft hatte ihn gepackt!

Nur Augenblicke später krallte sie sich nackt in das Laken des Bettes. Rita lag auf dem Rücken und er kniete vor ihr. Seine Zunge teilte ihre Vulva und stoßweise ging Ritas Atem. Robby richtete sich auf und als sie kam, schob er die schon schmerzhafte Erektion mit Kraft über die ganze Länge in ihre Scheide.

Hart und tief drang er in sie hinein. Ihr Stöhnen und ihre Schreie trieben ihn ab. Robby musste in ihr Gesicht sehen. Schmerz, Ekstase und Wollust wechselten sich darin in Bruchteilen eines Augenblickes ab. Dann kam auch er und brach schnaufend über ihr zusammen.

Streichelnd und sich gegenseitig küssend lagen sie nebeneinander. „Ich habe noch nicht mal die Vorhänge zugemacht", sagte sie schnaufend und er antwortete ihr „Da hatten die Nachbarn wenigstens was zu sehen." „Blöder Kerl", sagte Rita lachend und versuchte sich aufzusetzen, doch er hielt sie zurück. „Wir müssen reden", sagte er leise und sah ihre fragenden Augen.

„Was willst du?", fragte er und setzte sofort erklärend hinzu, „Ich möchte das, was wir da gerade erlebt haben. Nicht wie Bruder und Schwester leben und nicht nur ein Mal im Monat Sex. Wir sollten wieder spontaner sein. So wie früher!" „Es war gerade wunderschön. Aber der Alltag …", begann sie und er stoppte sie sofort.

„Kein Aber!", sagte Robby und ergänzte dann, „Was du möchtest und was ich möchte, dass sollten wir tun. Gemeinsam. Da finden wir schon einen Weg, das mit dem Alltag zu kombinieren."

Rita wollte sich nun aus seinen Armen befreien, doch so schnell wollte er sie nicht entkommen lassen. Zumindest nicht, bevor sie sich nicht zu irgendetwas positioniert hatte. Erneut begann er sie zu streicheln. Er spürte, wie sie sich ihm entgegen drückte, doch noch immer vermied sie jede Antwort. „Kopf und Bauch", sauste es durch seinen Kopf. War es nicht bei Birgit ähnlich gewesen? Ritas Kopf sagte vermutlich gerade „Das Geschirr muss in den Schrank!", während ihr Körper im selben Augenblick „Fick mich!" schrie.

„Lass dich fallen", sagte er leise in ihr Ohr. „Ich liebe deinen Körper", hauchte er, während er sich an ihr herab tastete. „Ich muss…", brach es aus ihr heraus und er verschloss ihren Mund mit der Hand, während die andere suchend den Eingang zum Paradies erkundete. Konnte man eigentlich mit Sex eine Entscheidung erzwingen? Nein! Aber vielleicht diesen dummen Kopf ausschalten. Bei Birgit hatte es auch geklappt. Und bei Rita? Stöhnend bäumte sie sich auf, als seine

148

Finger in ihren Körper glitten. Kopf aus, Gefühl an!

Nun würde sich vielleicht vieles ändern. Sein Zeigefinger lag auf dem Knopf, der fühlbar hervortrat. Doch es war Rita, die ihn betätigte, als sie ihm ihren Unterleib entgegen drückte. Der Kopf hatte Pause und sie stöhnte „Fick mich!" Im selben Moment kam sie mit einer unbändigen Kraft.

Die Frau schrie auf. Der unerwartete Orgasmus überrollte sie, warf sie hin und her, und sie benetzte dabei seine Finger mit ihrem Saft. So war sie noch nie gekommen! Vielleicht änderte sich auch gerade etwas bei ihr. Schützend zog er sie in seine Arme! Zitternd schmiegte sie sich an ihn an.

22. Kapitel

Vorfreude

$\mathcal{F}$ ast fühlte sich Hans schuldig. Er hatte ihr hinterher spioniert. Eigentlich nur unfreiwillig, weil er gesehen hatte, wie sie ihren Sohn zur Bushaltestelle gebracht hatte. Das war nun eine Woche her und in diesen Tagen hatte er versucht, sich mit dem Jungen anzufreunden. Es war ihm auch nicht schwergefallen. Der Junge war ziemlich aufgeweckt und auch aufgeschlossen. Vielleicht auch schon etwas reif für sein Alter. Zumindest fuhr er nun jeden Tag bei ihm vorn auf dem Platz, wenn er zur Schule musste. In der halben Stunde hatte er mit ihm anregende Gespräche und auch mit Birgit hatte er sich nun schon angefreundet. Zwar schien sie etwas verklemmt zu sein und Peter bestätigte ihm das auch indirekt, aber vielleicht war es gerade diese Scheu, die den Reiz für ihn ausmachte.

Und nun hatte er sie ein paar Tage nicht gesehen. Der Schmerz, den er dabei verspürt hatte, der zeigte ihm, dass da wirklich etwas tief in ihm eingeschlagen war. Es war die Liebe, die ihn getroffen hatte. Amors Pfeil sozusagen. Am Tag zuvor hatte er Peter gefragt, ob sie mal zusammen in das Bad gehen wollten, so wie eine kleine Familie. Von ihm wusste er auch, dass er bei Birgit „Freie Bahn" hatte.

Es schien dem Jungen nicht ungelegen zu sein, das mal ein Mann im Hause war. Irgendwie verstanden sie sich blind. Peter schien wie er zu sein. So, wie Hans mit acht Jahren gewesen war. Derselbe Sinn für Humor!

Wie zwei Verschwörer waren sie sich vorgekommen, als er dem Jungen gesagte hatte „Aber verrate ihr nichts! Es soll eine Überraschung sein." Am Morgen nun, auf dem Weg zur Schule, hatte Peter ihm gesagt, dass sie heute wieder zurückkommen würde.

Am Tage zuvor hatten er und seine Frau auch offiziell die Scheidung eingereicht. Das Trennungsjahr war ja nun vorbei und er trug an diesem Tag das erste Mal keinen Ring mehr. Es fühlte sich irgendwie komisch an. All die Jahre hatte er den Ring an der Hand gehabt. Dieser war so eine Art Versprechen für die Ewigkeit gewesen. Ein Ring hatte nun mal keinen Anfang und kein Ende. Nun hatte es doch ein Ende gegeben. Allerdings eines mit einer gütigen Einigung und über die gemeinsame Wohnung würde man sich auch noch einig werden. Irgendwie!

Jetzt saß er im Bus und freute sich auf Birgit. Im Überschwang der Freude hatte er in der Mittagspause in der Kantine ein Kondom gekauft. Nicht, dass er vorhatte, es zu benutzen, aber es war schön, wenn man auf alle Eventualitäten vorbereitet war. Es fühlte sich komisch an: ohne Ring, aber mit Kondom! Das Kribbeln im Bauch war einfach nur zu schön!

Hans konnte es gar nicht erwarten, dass es endlich Abend sein würde und sie mit dem kleinen Koffer an der Bushaltestelle vor der Firma stand, in welcher sie nun schon einige Tage ihr Praktikum machte. Hätte er es gekonnt, so hätte er die Uhr schneller laufen lassen, doch das ständige darauf sehen ließ die Zeit nur noch viel langsamer vergehen.

Haltestelle nach Haltestelle fuhr er ab und dabei waren seine Gedanken bei Birgit. War sie die richtige Frau für ihn? Konnte er mit ihr die Familie haben, die er bisher noch nicht gefunden hatte? Dann würde Peter sein Sohn sein. Er erinnerte sich an die Gespräche über Kinder mit seiner Frau, die er vor Jahren geführt hatte. Zuerst die Kariere und danach würde man sehen. Was sahen sie jetzt? Er war Busfahrer und sie arbeitete in einem kleinen Geschäft. Karriere sah irgendwie anders aus.

Zwar war er mit seinem Job ganz zufrieden und seine Frau mit ihrem auch, aber diese Jobs hatten sie schon seit zehn Jahren. Kinder hätten da sicher nicht gestört und auch nicht geschadet. Hätten sie der Ehe geholfen? Müßige Gedanken! Niemand konnte es wissen.

Peter mochte er. In den paar Tagen war ihm der Junge schon ziemlich ans Herz gewachsen und er wollte es sich nicht mit Birgit verderben. Zu schön stellte er es sich gerade vor, mit ihr zusammenzuleben. Mit ihnen beiden! Konnte es wahr werden? Der Junge hatte ihm auch gesagt, dass Birgit in einer großen Wohnung lebte und dass da jede Menge Platz war.

Löste sich damit auch die Wohnungsfrage mit seiner Frau? Oder war es dazu noch zu früh? Immer mehr voreilige Gedanken kreisten in seinem Kopf. „Immer einen Schritt nach dem anderen!", ermahnte er sich in Gedanken selbst. War er zu vorschnell, dann konnte er alles verderben.

Jetzt freute er sich erst mal auf Birgit und dann auf den Besuch im Bad am nächsten Tag. Peter würde schon dafür sorgen, dass sie zustimmte. Der Junge hatte seine Mutter gut im Griff. Vielleicht würde sie dann auch ihre Scheu ablegen. Alles konnte passieren oder nichts. Doch auch wenn an diesem Tag, oder an diesem Wochenende, nichts zwischen ihm und Birgit passieren würde, so hatte er doch in ihren Augen gesehen, dass er ihr ebenfalls nicht gleichgültig war. Er mochte die Gespräche, die sie jeden Abend auf der Fahrt führten. Und immer wieder schob sich dieser Gedanke nach vorn: Er wollte sie nicht verlieren.

Hans musste das richtige Maß finden. Nicht zu forsch und nicht zu lahm. Nur was war die richtige Geschwindigkeit? Darüber konnte er Peter nicht befragen. Das musste er selbst herausfinden. Beim Lenken berührte er mit der Hand seine Jackentasche und spürte den Gummi darin. Hatte er mit dem Kauf nicht schon eine Entscheidung getroffen? War es Zeit dafür, ihr etwas „näher" zu kommen?

Der Abend sank auf die Stadt und damit kam der Zeitpunkt, an dem er sie an der Haltestelle abholen würde. Noch zwei Haltestellen! Er konnte es kaum erwarten. Vorfreude würde man das wohl nennen. Hoffentlich hatte er sie nicht verpasst oder sie verspätete sich. Dann sah er die Haltestelle hinter der Kurve auftauchen.

Stand sie dort? Langsam rollte er an das Schild heran und dann sah er sie. Fast überwältigte ihn die Vorfreude. „Endlich ist sie wieder da!", sauste es durch seinen Kopf und gleichzeitig dachte er an das Kondom in seiner Tasche. Direkt vor Birgit öffnete er die Tür.

23. Kapitel

Lohn der Mühe

Birgit stand mit dem Koffer an der Haltestelle und dachte an die letzte halbe Stunde zurück. Es war verrückt gewesen. Der Chef hatte sie sofort zu sich gerufen, den Arbeitsvertrag verbindlich für den nächsten Freitag zugesichert und ihr auch noch einen Briefumschlag über den Tisch geschoben. Es waren fünf druckfrische 100 Euro Scheine darin gewesen! Der Wahnsinn. Eine Prämie für sie! Alle im Büro hatten sich für sie gefreut, dass ihr Projekt so eingeschlagen war. Vermutlich nicht ganz uneigennützig, denn jeder eingesparte Euro sicherte schließlich ihre Arbeitsplätze. Das knisternde Kuvert war in der Handtasche und sie hatte ihre Hand darum geschlungen. Was man alles damit kaufen konnte! Peter würde sicher schon was einfallen.

Hatte ihr Sohn ihr nicht vor ein paar Wochen von einem Spiel vorgeschwärmt, welches alle seine Schulfreunde gerade spielten? Bis gerade eben war das noch völlig unerschwinglich für sie gewesen. Diese fünf kleinen Papierschnipsel änderten dies gerade. Es würde sogar was für ein paar neue Schuhe übrig bleiben.

Die Zeit verging, der Bus fuhr an die Haltestelle. Nur ein paar Menschen waren darin. Die
Tür schwang direkt vor ihr auf und Hans lächelte
sie an. „Da bist du ja endlich wieder", sagte er,
sie stieg ein, gab ihm einen Kuss und hörte ein
paar junge Männer im Bus johlen. Danach schob
sie den Koffer neben sich und setzte sich auf den
Platz schräg hinter Hans, der wie immer nicht
belegt war. Wer wollte schon auf dem Radkasten
eines Busses sitzen? Sie wollte es!

Die Tür schloss sich, der Wagen setzte sich in
Bewegung und Hans fixierte sie im Rückspiegel.
„Wie war es?", fragte er und sie antwortete
„Schön!" Dann sah sie seine Hand am Lenkrad.
Der Ehering war ab! Irgendwie blieb ihr der
Mund offen stehen und er sah wohl das Ziel ihres
Blickes. „Meine Scheidung ist durch", erklärte er
und sie setzte dem ein „Und ich habe meinen Ar-
beitsvertrag!", entgegen. „Da haben wir nun wohl
heute beide was zu feiern?", sagte der Mann und
sie sah seine Augen blitzen.

Während sie vorn erzählten, leerte sich hinten
an jeder Haltestelle der Bus immer mehr. Als sie
die Haltestelle fast erreicht hatten, sagte Hans
„Bleib bis zur Wendeschleife, da habe ich eine
viertel Stunde Pause!" Irgendwie klang das viel-

versprechend, aber nur eine viertel Stunde? Fünfzehn Minuten?

Die Haltestelle kam und ihr Finger lag auf dem Stopp-Knopf, auch wenn ein „Halte dort" in diesem Falle gereicht hätte. Fast bittend sah Hans sie an und sie zog die Hand fort. Nun lächelte er breit. Es würde ein längerer Weg zurück mit dem Rollkoffer werden, doch Hans war ihr diese Anstrengung wert.

Der Bus fuhr durch und unmittelbar nach der Haltestelle wurde die Straße so schlecht, dass sie nun wusste, warum keiner auf einem Radkasten sitzen wollte. Das rhythmische Klopfen des Rades gegen die Karosse und das Zurückfedern des Stoßdämpfers jagte die Vibrationen durch ihren Körper. Durch den Sitz in ihren Unterleib!

Vor einer Woche hätte das nun ein missmutiges Gesicht bei ihr ausgelöst, doch nun musste sie die Beine übereinander schlagen und fest zusammenpressen. Ihr gereizter Schoß meldete sich! Fünf Minuten später bog der Bus in die Wendeschleife ein.

Mit ihrem Koffer stand sie eine halbe Stunde später an der Haltestelle und sah dem abfahrenden Bus hinterher. Der hatte jetzt etwas Verspätung, aber die Sache war es ihnen beiden wert gewesen. Hans hatte sie auch wieder mit zurückgenommen.

Es war ein etwas gewöhnungsbedürftiger Platz gewesen. Auf einer Bank im Bus. Der Mann hatte sogar ein Kondom dabei gehabt. Woher hatte er eigentlich gewusst, dass sie heute wieder zurückkommen würde? Das hatte sie doch nur Peter und Greta am Telefon gesagt. Oder hatte Hans schon lange einfach eines immer dabei gehabt?

Irgendwie hatte Robby wohl ein kleines, haariges Monster in ihr geweckt. Sie war an diesem Tag so oft gekommen, wie andere Frauen nicht in ihrem ganzen Leben. Diese Dauerrolligkeit begann ihr etwas auf den Zeiger zu gehen. Trotzdem war es schön!

Jetzt war erst mal Wochenende und damit hatte sie ein paar Tage frei, um zur Ruhe zu kommen. Birgit wendete sich dem Haus zu und griff in die Handtasche, um das Kuvert zu suchen. Darüber würde sich Peter sicher freuen. Vielleicht konnten sie das Spiel bereits am nächsten Tag kaufen gehen. Doch statt des Kuverts hatte sie den kleinen Vibrator in der Hand. Im Bruchteil eines Wimpernschlages richteten sich ihre Nippel auf und drückten sich schmerzhaft gegen den BH. „Mist!", stöhnte Birgit auf, tastete aber vorsichtshalber nach den Ersatzbatterien, die ihr Robby mitgegeben hatte.

„Ablenken!", dachte sie sich und, „Nicht bewegen", denn jede Bewegung würde nur reiben und die ohnehin schon empfindlichen Stellen nur noch zusätzlich reizen. So stand sie in der Dunkelheit auf der Straße vor dem Haus und pfiff leise vor sich hin.

Nach weiteren zehn Minuten konnte sie endlich gehen. Das restliche Wochenende würde sie nur das T-Shirt und keine Unterwäsche tragen. Lumpentage sozusagen. Dazu nur noch die Jogginghosen. Damit fiel auch der Einkauf des Spieles aus. Also würde sie Peter erst in der nächsten Woche etwas von den 500 Euro erzählen.

Stufe für Stufe stieg sie nach oben, stellte den Koffer ab und klingelte bei der Nachbarin. Greta hatte die Tür noch nicht richtig geöffnet, da hing Peter schon an Birgits Bauch und umarmte sie.

„Kommst du morgen mit mir und Hans zum Baden in das Schwimmbad?", fragte der Junge und Birgit sah ihn ungläubig an. „Welcher Hans?", fragte sie, obwohl sie wusste, wen der Junge meinte.

„Na Hans. Meinen Busfahrer! Deinen Freund!", antwortete Peter ihr von unten. Nun wusste sie, warum Hans bei der Abfahrt so seltsam gelächelt hatte. Damit war aber auch der „Lumpentag" gestorben. „Wenn du das möchtest", sagte sie und Peter tobte wieder zurück in die Wohnung, um seine Sachen zu holen.

Nun wusste sie auch, woher Hans gewusst hatte, dass sie an diesem Tag zurückkam. Er war der Fahrer von Peters Schulbus! Greta nickte ihr zu und fragte „Wie war es?" „Kannst du rüberkommen und auf Peter aufpassen? Ich lege mich in die Wanne und wir reden", sagte Birgit und sah, wie die Nachbarin die Augenbrauen hochzog. „Wir reden, während du in der Wanne liegst? Was ist denn mit dir passiert?", fragte sie und Birgit entgegnete, „Ich sage es dir, wenn du mir versprichst, mit niemandem darüber zu reden!" „Na klar!", brach es aus Greta heraus und sie setzte hinzu „Du machst mich neugierig!"

24. Kapitel

Perfekte Maße

Was war hier los? So aufgekratzt hatte Greta die Nachbarin noch nie erlebt. Und nun auch noch diese Einladung? Birgit wollte mit ihr Reden, während sie in der Wanne lag? Da war etwas passiert, was unbedingt aus ihr heraus musste und Greta war ja eine gute Zuhörerin. Bisher hatte es Birgit auch immer vermieden, etwas von ihrer Haut zu zeigen. Selbst wenn Greta mal zu ihr eingeladen gewesen war, dann hatte sie sich immer in ein schlabbriges T-Shirt und eine Jogginghose gehüllt, nur um ihre Konturen nicht zu zeigen. Natürlich war ihr dies aufgefallen, aber sie hatte es vermieden, Birgit darauf anzusprechen. Offensichtlich hatte die junge Frau damit ein Problem gehabt.

Und nun war alles anders. Es schien, als ob jetzt eine andere Frau mit dem Koffer vor ihrer Tür stand, als diejenige, die vor ein paar Tagen ihren Sohn bei ihr abgegeben hatte. Da durfte sie diese Gelegenheit natürlich nicht ungenutzt verstreichen lassen.

Wenig später saß sie neben der Wanne und sah zu Birgit herunter. Peter war in sein Zimmer gegangen und die beiden Frauen hatten somit Zeit, um sich zu unterhalten. Trotzdem fühlte es sich für Greta seltsam an. Die Scheu von Birgit war vollkommen verschwunden. Sie saß im warmen Wasser, das ihr nur bis zum Nabel reichte, und wusch sich einfach vor ihr. Dabei erzählte sie leise von ihrem Arbeitskollegen und sah versonnen auf die Wasseroberfläche.

Schließlich blickte sie auf und fragte „Er hat gesagt, ich sei wunderschön. Hat er das nur gesagt, um mich in das Bett zu bekommen?" „Lass doch die Zweifel ruhen. Du bist wunderschön!", entgegnete Greta und sah den zweifelnden Blick der jungen Frau.

Um es zu erklären, lehnte sich Greta zurück und begann, „Was ist für dich schön? 90 - 60 - 90? Ein Schmollmund und große Brüste?" Sie sah herab auf Birgit, die sich in der Wanne zurücklehnte und nickte. „Das ist falsch!", setzte Greta fort. „Schönheit ist für jeden etwas anderes! Jeder Mensch ist schön auf seine Art. Jeder ist unverwechselbar und einzigartig!" „Aber im Fernsehen...", unterbrach sie Birgit und Greta wischte den Einwand mit der Hand aus. „Fernsehen? Hochglanzmagazine? Werbung? Da wird getrickst, was das Zeug hält. Ohne Bildbearbeitung, Make-up und perfektes Licht geht da gar nichts! Aber das ist nicht das wirkliche Leben!", sagte sie.

„Und wer ist dann perfekt?", fragte Birgit nachdenklich. „Für jeden Menschen auf der Welt gibt es einen, für den er perfekt ist!", erklärte Greta und setzte hinzu „Für meinen Mann war ich perfekt. Trotz diesem hier!", dabei zog sie die Bluse hoch und zeigte die hässliche Narbe, die von der verpfuschten Blinddarmoperation übrig geblieben war, und die sich fast quer über ihren Bauch zog. „Ich kann diese Narbe nicht ausstehen, mein Mann fand sie schön. So ist das nun mal", beendete sie und zog das Kleidungsstück wieder herunter.

„Also ist jeder schön?", fragte Birgit und Greta antwortete, „Wenn du dich selbst hübsch findest, so strahlst du das auch aus. Das macht dich wunderschön und begehrenswert! Mein Mann konnte nie die Finger von mir lassen!" „Holla Greta!", sagte Birgit schmunzelnd. Greta lachte und setzte hinzu „Du hättest früher hier wohnen sollen. Dein Vormieter hat sich sogar mal bei der Hausverwaltung über uns beschwert, weil wir so laut waren, aber wenn es heraus muss

..." „Dann muss es raus!", ergänzte Birgit lachend.

„Warum hat mir den meine Mutter aber nie gesagt, wie schön Sex sein kann?", fragte Birgit versonnenen und Greta zuckte mit den Achseln. „Vielleicht war es für sie nie schon!", erklärte sie schließlich und Birgit sah sie durchdringend an „Aber sie war in deinem Alter, als sie starb und bis zum letzten Tag hat sie mir immer wieder dasselbe gepredigt!" „Ja! Ich kenne das", antwortete Greta und setzte fort, „Das war die Erziehung früher. Da hieß es: Sex ist schmutzig und die Frau darf dabei keine Lust verspüren! Alles Mumpitz! Das haben die Männer erfunden, um die Frauen unter Kontrolle zu haben! Eine Frau, die Spaß am Sex hat, die ist für die gefährlich. Nicht umsonst werden Frauen in vielen Ländern noch verstümmelt, damit es ihnen keinen Spaß macht!" Sie sah, dass es Birgit bei der Erzählung schüttelte.

„Komm jetzt raus! Das Wasser wird doch kalt!", sagte Greta und holte das Handtuch. Birgit stand aus der Wanne auf und trocknete sich ab. „Für einen Mann hast du die perfekten Maße!", erklärte Greta. „Oder für zwei!", setzte Birgit versonnen hinzu und zog sich langsam wieder an. „Ich mache dir einen Tee!", sagte Greta und ging in die Küche vor.

Birgit traf dort ein, als das Wasser zu kochen begann. Mit zwei Tassen Pfefferminztee setzten sie die Unterhaltung, am Küchentisch sitzend, fort. „Hast du jemals einen Höhepunkt beim Sex gehabt?", fragte Birgit. „Einen? Hunderte!", setzte ihr Greta entgegen und erklärte weiter „Wenn du den perfekten Mann gefunden hast, bei dem du dich fallen lassen kannst, dann kommt der von selbst. Er beginnt im Kopf!"

„Und gerade der Kopf hat sich da so lange geweigert!", sagte Birgit lachend. „Was ist denn hier los?", fragte Peter, der im Schlafanzug in der Tür erschien. „Frauengespräche!", sagte Birgit lachend und brachte den Jungen zurück in sein Bett. Greta sah nachdenklich zum Fenster hinaus. So viele Situationen fielen ihr wieder ein, die sie mit ihrem Mann erlebt hatte. Schön war es gewesen und immer noch hatte sie ihn in ihrem Herzen. „Ich liebe dich", flüsterte sie und eine Träne fiel in ihren Pfefferminztee.

Bevor die zweite denselben Weg nehmen konnte, kam Birgit zurück und nahm sie tröstend in den Arm. „Vielleicht solltest du noch mal auf die Suche gehen? Es könnte ja sein, dass da draußen noch mal jemand auf dich wartet!", sagte Birgit. „Ich habe fast acht Jahre gelebt, als wäre ich eine Nonne im Kloster!", setzte sie fort und zog den Stuhl zu sich.

„Wir sollten für dich eine Anzeige in der Zeitung schalten", sagte Birgit. „Das ist gar keine so schlecht Idee!", pflichtete Greta ihr bei. „Die perfekten Maße hast du ja!", setzte Birgit hinzu und Greta sah, dass es der jungen Frau mit dieser Aussage ernst war. Birgit hatte etwas begriffen. „Na dann los!", erklärte Birgit und holte Zettel und Papier.

25. Kapitel

Stressfreie Tage?!

Eigentlich war es Sonnabend und eigentlich hätte Birgit damit ausschlafen können, doch Peter kam kurz vor sieben Uhr in der Frühe in das Zimmer gerannt und weckte sie ziemlich rabiat. Er riss ihr die Decke fort und rief, „Aufstehen, wir wollen in das Stadtbad!" Auch ihr Einwand, dass das Hallenbad erst gegen zehn Uhr aufmachen würde, wurde von ihm abgeschmettert. Offensichtlich hatte der Junge sich schon zu sehr darauf gefreut. Die Einladung, doch weiter mit ihr im Bett zu kuscheln, wurde ebenfalls von ihm abgelehnt. Sonst hatte das bisher immer geklappt.

Zum Glück hatte Birgit im Reflex schnell die Nachttischschublade zugeschoben, damit Peter nicht fragte, was das für ein blauer Kugelschreiber war, der darin lag. Zum Einschlafen hatte sie sich ausgiebig damit verwöhnt.

Da die Bettdecke nun mal sowieso schon am anderen Ende des Zimmers lag, konnte Birgit jetzt auch aufstehen. Das änderte natürlich nichts daran, dass sie noch mehr wie zwei Stunden warten mussten, bevor es Zeit war, um aufzubrechen. Am Abend hatte sie Peter noch gefragt, wie er wohl darauf gekommen war, Hans zu fragen, ob er mit in das Bad kam, doch der Junge hatte nur gelächelt und die Wahrheit verschwiegen.

Sicherlich war die Frage auch von Hans ausgegangen, denn schließlich kannte sie den Mann jetzt schon etwas. Was würde der Tag ihr nun bringen? Nur baden? Oder ging da noch mehr? Allerdings war ja Peter in der Nähe und da würde sicher, außer Händchen halten, nicht viel passieren können. Trotzdem sauste die Vorfreude erneut durch ihren Unterleib.

Die Prämie fiel ihr wieder ein. Zum Glück hatten die Läden bis 20:00 Uhr offen und sie konnte Peter dann später bei Greta lassen. Auf diesen ausgedehnten Shoppingausflug freute sie sich schon besonders, denn sie wollte sich selbst etwas Gutes tun. Das hatte ihr Robby vorgeschlagen und das wollte sie nun auch wirklich tun. Zu lange hatte sie auf andere Rücksicht genommen. Das Gespräch mit Greta am Abend zuvor hatte ihr noch einmal deutlich die Augen geöffnet.

Wenig später stand sie unter der Dusche und Peter war zurück in sein Zimmer gegangen. Ein paar Minuten der Ruhe unter dem warmen Strahl der Brause. Rückblickend hatte sie schon erkannt, wie dumm sie gewesen war. All die Jahre hatte sie sich für andere aufgeopfert, ohne wirklich jemals ein Dankeschön erhalten zu haben. Für ihren Jungen hatte sie das natürlich gern gemacht, doch für die anderen? Die Mutter? Den Vater?

Robby hatte da, vermutlich nicht ganz uneigennützig, etwas in ihr in Gang gesetzt. Was war mit Hans? Konnte sie ihm trauen? Was tat er für sie? Was konnte er tun? Das würde sich zeigen! Zumindest war der Sex im Bus schon mal kein schlechter Anfang gewesen. Erneut kam das schöne Gefühl zurück in ihren Bauch, in ihren Schoß. Der warme Wasserstrahl half und schuf vorerst Abhilfe. Schade, dass der Vibrator nicht wasserdicht war!

Ein paar Minuten später trocknete sich Birgit ab, zog sich an und ging zur Küche. Kaffeeduft lockte sie an, obwohl sie die Maschine noch gar nicht angestellt hatte. Als sie den Raum betrat, drehte Peter gerade die Brötchen auf dem Toaster um. Der Tisch war schon perfekt gedeckt und der Kaffee lief gerade in die Kanne. Sie gab dem Jungen einen Kuss für die Aufmerksamkeit und wenig später saßen sie zusammen beim Frühstück.

Eine Stunde später hatten sie alles für den Besuch im Bad in die große Strandtasche geräumt. Das Planschen im Wasser würde sie sicherlich davon ablenken, dass sie im Moment ständig an Sex denken musste. Selbst unter der Dusche war ihr kurz der Gedanke abgeschweift und der Duschkopf eine Spur zu lange auf ihren Schoß gerichtet gewesen. Dann klingelte es unten, wenig später klopfte es an der Tür und Hans stand vor ihr.

Der Mann hatte sich richtig schick gemacht und dabei wollten sie doch nur in die Badehalle. Bisher hatte sie ihn nur in Uniform gesehen, aber auch in zivil machte er eine gute Figur. Nun war sie gespannt, wie er wohl in Badehose so aussah.

Das Kribbeln in ihrem Bauch drückte sie weg. Sie gingen zur Bushaltestelle und fuhren von dort mit dem Bus zu dritt zum Bad. Als sie sich setzte, fragte sie Hans, „Ist das nicht die Bank von gestern Abend?", und der Mann lächelte. Durch irgendeinen Zufall saßen sie wieder genau auf dem Platz, auf welchem er sie so leidenschaftlich geliebt hatte. War das ein Zeichen für sie? Peter saß ihr gegenüber und sie hielt Händchen mit Hans. Ihr Junge grinste wissend. Offensichtlich hatte er die ganze Sache auch noch genau so eingefädelt.

Die Fahrt dauerte auch gar nicht lange, dann liefen sie zu dritt zum Eingang des Gebäudes. Es war schon ganz schön was los. Bereits beim Betreten des Vorraumes traf Peter auf drei von seinen Klassenkameraden, die auch mit ihren Eltern hierhergekommen waren. Für Aufsicht war also in jedem Falle gesorgt.

Vom Vorraum ging es in die Umkleidekabinen und Peter schloss sich, wie selbstverständlich, Hans an. Das sollte wohl sagen „Ich bin kein Kind mehr, das ich mit meiner Mutti duschen muss!" Die Sachen wanderten in den Schrank und mit dem Bikini in der Hand ging Birgit unter die Dusche. Gespannt auf Hans konnte es nicht schnell genug gehen, aber eigentlich hatte sie ja gerade erst geduscht. Somit war sie auch vor den beiden Männern in der großen Halle.

Der Geruch des Wassers war wieder so markant, wie sie es in ihrer Kindheit gewohnt gewesen war. Alte Erinnerungen sausten durch ihren Kopf. Vom Seepferdchen, aber auch von ihrem Freund, mit dem sie in der Umkleidekabine Sex gehabt hatte, doch daran wollte sie gerade nicht denken, sonst würde in ein paar Minuten vielleicht irgendein Halbstarker „Nippelalarm" oder etwas anderes vulgäres rufen, denn der Bikini war nun mal ziemlich eng!

Ihr Blick ging über die Menschen in dem Becken und über die Türen, die an der Seite waren. Sauna- und Massageräume befanden sich dahinter. Vielleicht konnte sie sich dort mal ein bisschen ausruhen, wenn Hans auf Peter aufpassen würde. Die schöne Erinnerung an die Massage im Hotel schob sich wieder in ihren Kopf.

„Hallo, schöne Frau", hörte sie hinter sich die Stimme von Hans. Sie blickte über die Schulter zu ihm zurück und musterte den Mann. Offensichtlich tat auch er das, denn er pfiff leise. Birgit sah an sich herunter. Bis zur Woche zuvor hätte sie sicherlich den Badeanzug mit dem Röckchen genommen, doch ihr erwachtes Selbstvertrauen und das Gespräch mit Greta hatten sie zu dem Bikini überredet. Der war zwar schon zehn Jahre alt, passte aber immer noch perfekt. Eng zwar, aber er passte!

Eine halbe Stunde später planschte Peter im großen Schwimmbecken, während sich Birgit auf die Liege legte und auf die Massage wartete. Der Bikini lag auf dem Stuhl neben dem Eingang und sie mit dem Bauch auf dem kühlen Leder. Wieder bedeckte ein kleines Handtuch nur ihren Hintern.

Mit geschlossenen Augen genoss sie die Massage, die wenig später begann. Es dauerte aber gar nicht lange, da zog ihr jemand das Handtuch fort und begann ziemlich intensiv ihren Hintern durchzukneten. Birgit dachte sich, „Der hat es sicher auch mal nötig", als sie zusammenzuckte, weil die Hand des Masseurs plötzlich abrutschte und sie an einer Stelle berührte, die eigentlich keiner Massage bedurfte.

Erschrocken zuckte sie hoch, öffnete die Augen und erkannte Hans, der sie die ganze Zeit massiert hatte. „Und Peter?", fragte sie nur. „Auf den passt eine der anderen Mütter auf", entgegnete Hans und streichelte sie weiter. „Na dann ist es ja gut", entfuhr es Birgit und sie drehte sich auf den Rücken. Nun konnte sie ihn beobachten, wie er sie langsam immer weiter streichelte.

Heute hatten sie Zeit. Kein Bus wartete auf sie beide! Wieder machte sich das warme Gefühl in ihrem Bauch breit. Es konnte so schön sein, den ganzen Stress einfach mal zu vergessen. Dann sah sie die Beule in der Badehose und sagte zu ihm, „Zieh das Ding doch einfach aus."

26. Kapitel

Traumfrau, Nixe und Engel

Hans saß am Rande des Schwimmbeckens und sah zu Peter hinüber, der im Wasser umhersprang. Kurz wanderte sein Blick zurück zu der Tür, hinter der Birgit gerade von der Masseurin durchgeknetet wurde. Er hatte die Frau mit einem zehn Euro Schein in eine längere Pause geschickt, um mit Birgit mal ein paar Minuten ungestört zu sein. Ein versonnenes Lächeln zog über sein Gesicht. Birgit war sowohl im Bikini, als auch ohne, eine Augenweide. Seine Traumfrau!

Warum hatte er sie nicht schon viel früher getroffen? So viel vergeudete Zeit! In das Grübeln hinein traf ihn ein Schwall Wasser und er zuckte zurück. Vor ihm lachte Peter und rief „Fang mich doch!", und das konnte er sich nicht zweimal sagen lassen. Mit einem Satz war er hinter dem Jungen her. Nun tollten sie umher und die dreißig Jahre Unterschied, die zwischen ihnen lagen, waren für ein paar Minuten nicht mehr zu spüren. Jetzt war auch Hans wieder acht Jahre alt.

Wenn man so wollte, so hatte Hans erst jetzt seinen Platz im Leben gefunden. Mit Peter und Birgit konnte sein Leben perfekt werden und vielleicht würde da ja auch noch das eine oder andere Kind dazu kommen. Birgit war ja noch nicht so alt und gerade eben hatten sie auch auf das Kondom verzichtet. War das schon so eine Art von Absichtserklärung der Frau gewesen? Oder nur der Situation geschuldet? In der Badehose war ja kein Platz für ein Präservativ gewesen.

Wieder war er für einen Augenblick abgelenkt, als ihn ein Schwimmtier am Kopf traf. Hier sollte er also dann doch nicht träumen. Wenn er mit Peter im Wasser war, dann war höchste Konzentration gefragt.

Dann war auch Birgit neben ihm im Wasser. Sie hatte sich die Haare mit einem Gummi hinten zu einem Pferdeschwanz zusammengezogen, wo sie diese doch vor ein paar Minuten noch offen getragen hatte. Erneut war alles andere ausgeblendet. Er hatte nur noch Augen für sie und ihr schien es ähnlich zu gehen.

Er versank in ihren Augen und musste doch über Wasser bleiben. Oder nicht? Im Kuss vereint ließen sie sich auf den Grund des Beckens sinken.

176

Es war ja nicht so tief, trotzdem waren sie hier unten alleine. Keine Geräusche mehr, nur zwei Menschen, ineinander versunken. Eine Auszeit auf dem Meeresgrund! Hans zog Birgit an sich und hielt sie fest. Zusammen tauchten sie auch wenig später prustend wieder auf.

Oben wartete schon Peter und fiel ihnen beiden um den Hals. Zu dritt trieben sie in der Masse von Menschen umher. Eine kleine Familie! Konnte sein Wunsch Wirklichkeit werden? Sollte er Birgit fragen? So schnell schon? Würde sie das abstoßen? Zweifel machten sich in ihm breit, die er aber sofort wieder in sich zerstreute. Darüber konnte er sich später immer noch Gedanken machen. Jetzt war erst mal Zeit für das ausgiebige Planschen. Hier waren sie alle drei jung!

Eine ganze Weile später fragte Birgit „Kommst du mit in die Sauna?", und zeigte auf die Türen, die sich auf der anderen Seite des Beckens befanden. „Ich fand es schon ziemlich heiß mit dir in dem Massageraum!", antwortete er verschmitzt. „Komm schon du Feigling!", sagte Birgit lachend und setzte schmunzelnd ein „Es ist eine Gemeinschaftssauna" hinzu.

Wann war er das letzte Mal in einer Sauna gewesen? „Ich weiß nicht", sagte er leise und sah wieder zu der noch verschlossenen Tür. Dabei schwamm Birgit schon zur Leiter. Dort redete sie mit einer anderen Frau, die sicher auf Peter aufpassen würde.

Vom Beckenrand aus warf sie ihm einen Blick zu, dem er nicht widerstehen konnte. „Ich kann es ja mal versuchen", dachte er und schwamm ihr hinterher. Ein paar Schritte trennten sie und trotzdem hatte Birgit in dem Vorraum der Sauna bereits den Bikini ausgezogen, als er den Raum betrat. Schon von diesem Anblick wurde es ihm heiß und er konnte es gar nicht erwarten, die Badehose an den Haken zu hängen.

„Du solltest dir ein Handtuch drüber hängen!", sagte sie frech und reichte ihm eines der kleinen, weißen Frotteetücher, die auf einem Stapel an der Seite lagen. Sie selbst schlang sich gerade eines davon um die Hüften. „Das ist immer so schön entspannend da drin", sagte die Frau und er konnte nur hoffen, dass sie Recht hatte, denn im Moment war er ziemlich angespannt.

Mit wiegenden Hüften ging sie die vier Schritte bis zur Tür der Sauna und er fragte sich, ob sie das gerade absichtlich gemacht hatte. Vermutlich wäre jetzt die Wahl eines größeren Handtuches angebracht. Suchend sah er sich um, aber die Handtücher hatten alle dieselbe Größe!

„Mist!", sauste es durch seinen Kopf, als sie, an der Türe stehend, über die Schulter zurücksah und fragte „Kommst du endlich?" „Nichts lieber als das!", sagte er gepresst und sah zu ihr hinüber. Mühsam zog er das Handtuch straff. Es schmerzte! Birgit erwartete ihn an der halboffenen Tür, den Griff in der Hand und hatte ihm einen Blick zurückgeworfen, der den Stoff nur noch mehr spannte.

Notgedrungen folgte er ihr und hoffte, dass keine anderen Menschen in dem Raum waren. Er hatte jetzt schon von der Anspannung einen roten Kopf, wie er im Spiegel an der Wand sehen konnte.

Ein Kuss für sie und ein schneller Blick in den Raum, der zum Glück leer war. Erleichtert atmete er auf und Birgit schob ihn weiter in den Raum. Hinter ihm schloss sie die Tür und legte sich danach auf eine der Bänke in der oberen

Reihe. Hans setzte sich ihr gegenüber nach unten und musste sie einfach betrachten. Schließlich lag sie lang ausgestreckt genau auf seiner Augenhöhe.

Er konnte keinen Blick von ihr abwenden. Mit geschlossenen Augen, die Arme unter dem Kopf verschränkt ruhte sie dort. Zuerst Traumfrau im Massageraum, dann Nixe im Becken und nun wie ein Engel in der Sauna. Nackt und nur mit einem Lendenschurz aus Frottee! Atemberaubend schön!

Es dauerte auch gar nicht lange, dann glänzte sie am ganzen Körper. Ihr schien die Hitze nicht allzu viel auszumachen. Bei Hans war das da schon anders. Er fühlte, wie ein Bach aus Schweiß seinen Rücken herunterlief. Vielleicht aber auch nicht nur der Hitze wegen, sondern auch aus dem sich bietenden Anblick heraus.

Nach einer Weile stand er auf und beugte sich über sie. Sein Herz zwang ihn, sie einfach zu küssen. Birgit umfasste seinen Hals und zog ihn zu sich herab. Sie erwiderte seinen stürmischen Kuss, dann riss sie ihm das Handtuch fort und er versuchte ihr auszuweichen. „Und wenn jetzt jemand kommt?", fragte er und sie antwortete verschmitzt „Das ist ja der Sinn der Sache!"

Lächelnd drehte sie sich zu ihm um und legte sich auf die Seite. Ihr Blick reichte aus, um die Erektion noch schmerzhafter werden zu lassen. „Du ärmster!", sagte Birgit lachend und setzte sich auf. Der Engel warf das Handtuch ab und gab den Weg in das Paradies frei. Hans war im Himmel, während Birgit ihre Beine um ihn schlang!

27. Kapitel

Geben und Nehmen

Das Wochenende war zu Ende und Robby saß im Auto in der Einfahrt. Für ein paar Minuten dachte er an die letzten Tage zurück. Schön war es gewesen! Sie hatten das Bett kaum verlassen. Rita hatte es erst am Sonntagabend geschafft, das restliche Geschirr in den Schrank zu räumen. Sie hatten geredet, sich gestreichelt und dazwischen stürmisch geliebt. Es war so herrlich gewesen und der Pizzadienst hatte dafür gesorgt, dass sie nicht verhungert waren.

Die letzten zwei Tage hatte er kaum an Birgit gedacht und auch die Träume waren ausgeblieben, aber das war sicher normal. Vielleicht war es eine Art von Seelenabsprache gewesen. Er hatte mal, vor vielen Jahren, ein Buch darüber gelesen. Manche Seelen verabreden sich, um sich gegenseitig zu helfen. Er hatte Birgit mehr Selbstvertrauen gebracht und sie hatte ihn wieder enger an Rita herangeführt.

Zumindest hatte er nun mit seiner Frau verabredet, dass sie einfach wieder etwas spontaner werden wollten. So, wie sie früher mal gewesen

waren. Vor vielen Jahren, als sie sich kennenge-
lernt hatten. Er, der Rocker auf dem Motorrad,
und sie, die wilde Tanzmaus, die keine Party aus-
gelassen hatte. Robby sah zurück auf die Garage.
Da stand sein Motorrad drin. Seit Jahren nicht
mehr benutzt und die letzte Party für Rita war
genauso lange her! Über den Winter würde er die
Maschine wieder flott machen und sie hatten ver-
einbart, dass sie zusammen einen Tanzkurs machen würden.

Nun begann aber erst mal die Arbeitswoche
und damit würde er wieder auf Birgit treffen. Es
schien schon ewig her zu sein und dabei hatten
sie sich doch erst am Freitag auf dem Parkplatz
leidenschaftlich geliebt. Was würde nun werden?
Hielt er die selbstgewählte Isolation durch? Sicherlich! Vielleicht?

Robby drehte den Zündschlüssel und fuhr los.
Durch die Fahrzeuggeräusche sausten wieder die
Bilder von dem Stopp an der Autobahn durch
seinen Kopf. Er mit heruntergelassener Hose,
sitzend auf der Bank, und sie vor ihm. Seltsamerweise bewirkten diese Bilder bei ihm nichts
mehr. Die Hose passte noch perfekt. Also war
alles gut? Das würde sich zeigen.

Derselbe Weg in die Firma. Wie immer war er ein paar Minuten eher da und im Büro saß sie mit dem Ordner am Schreibtisch. Robby sagte „Guten Morgen" und sie erwiderte den Gruß mit einem Blick über die Schulter. Es war derselbe Blick wie in der Sauna, aber wiederum passierte nichts. Alles war gut!

„Wie war dein Wochenende?", fragte er, als er sich neben sie setzte „Baden mit Peter, shoppen und entspannen", antwortete sie lächelnd. „Hast du ihm sein Spiel gekauft?", fragte Robby, doch Birgit schüttelte ihren Kopf „Nein! Das bekommt er erst zu Weihnachten. Vielleicht aber auch schon zum Nikolaus. Mal sehen!" „Du bist wohl ziemlich konsequent", sagte er lachend. „Nicht wirklich! Ich habe mir erst mal ein paar Klamotten für die Arbeit geholt." „Ich fand das gelbe Kleid schön. Es hat dir gut gestanden." „Rock und Bluse sind auch schön", sagte sie versonnen und strich sich mit der Hand gedankenverloren über die Bluse. Wenig später begriff sie wohl, dass sie sich gerade über die Brust strich. Kurz kam die alte Verlegenheit zurück, die sie dann aber fort lachte.

„Du weißt, dass du wieder eine stressige Woche haben wirst?", fragte er und sie entgegnete, „Wieso?" „Die Unterschrift von Frau Palhuber hast du jetzt. Nun brauchst du die verbindliche Zusage des Zulieferers mit einem bindenden Vertrag!" Birgit nickte verstehend. „Hilfst du mir da wieder?" „Hier schon, aber du musst da hinfahren und da ist es besser, wenn du Veronika mitnimmst. Sie kennt jeden Splint, jede Schraube und kann dir bei Proben sofort sagen, ob es OK ist oder nicht", erklärte er.

„Veronika?", fragte sie und blickte zum Schreibtisch, an dem die junge, schwarzhaarige Frau sonst immer saß. „Muss das sein? Die macht mir immer so eine schlechte Laune, wenn ich die nur ansehe", setzte sie grübelnd hinzu.

„Veronika war nicht immer so. Vor ein paar Jahren war sie noch fröhlich und überstrahlte selbst den dunkelsten Tag mit ihrem Lachen. Es muss etwas passiert sein, was sie nicht verarbeiten konnte. Wenn du ihr hilfst, so hilft sie dir sicher auch!", sagte Robby. „Helfen? So wie du mir geholfen hast?", fragte sie nachdenklich.

„Im Leben ist immer ein Geben und Nehmen", entgegnete Robby und die Bürotür öffnete sich. Die Kollegen kamen und die letzte war Veronika. Sie zog wieder einen Flunsch und setzte sich an ihren PC.

„Viel Glück", sagte Robby und setzte hinzu „Ihr solltet morgen dort hinfahren. Auch das ist wieder ein weiter Weg!" „Na dann muss es wohl sein!", seufzte Birgit und stand auf.

Sein Blick folgte ihr, wie sie durch das Büro ging. Nein, sie war wirklich nicht zu beneiden, dass sie mit Veronika reden musste. Jeder im Büro vermied das, wo immer es ging. Aber die schwarzhaarige Frau war ein absoluter Profi mit den Metallteilen. Da konnten ihr selbst die Ingenieure aus der Produktion nichts vormachen.

Vermutlich war sie auch nur deshalb noch hier. Aus Kollegialität war es jedenfalls nicht. Aber die junge Frau hatte sich auch gegen alle Fragen verwehrt und er konnte nur hoffen, dass es Birgit gelang, Veronika für ihren Plan zu gewinnen. Er sah, wie sie sich über den Schreibtisch der Frau beugte und drückte ihr die Daumen, dass sie Erfolg haben würde. Dann widmete er sich seiner täglichen Arbeit.

Er merkte erst sehr viel später, dass Birgit wieder neben ihm saß und auf dem Stift kaute, während sie den Ordner noch einmal prüfte. „Und?", fragte er und Birgit sah zu ihm herüber. „Sie kommt mit!", sagte sie wenig erfreut. „Na wunderbar!", sagte er. „Wunderbar? Ich brauchte eine richtige Bar!", antwortete sie gequält und sah zu Veronika hinüber.

Die junge Frau saß vollkommen verkrampft an ihrem Platz. „Gehe zur Sekretärin und lass dir ein gutes Hotel buchen und vielleicht erfährst du auf der Fahrt, was mit ihr los ist", sagte Robby und zeigte mit dem Kopf auf die junge Frau. Seufzend erhob sich Birgit und ging.

Wenig später erschien sie wieder und nickte ihm zu. „Ich kann sie nur nicht einladen, so, wie du es mit mir gemacht hast", erklärte Birgit und setzte hinzu „Die Prämie ist für Schuhe drauf gegangen." „Dann nimm meine!", antwortete Robby und zog seinen Umschlag aus dem Schreibtischfach.

„Wirklich?", brach es aus Birgit heraus und ein paar Kollegen sahen zu ihr. „Na klar! Es war ja auch dein Plan", entgegnete Robby leise. „Den du entwickelt hast!", antwortete sie und drückte den Umschlag an ihre Brust. „Ich danke dir", sagte sie und er nickte ihr zu. „Geben und nehmen!", dachte er lächelnd.

28. Kapitel

Freunde und Freundinnen

$\mathcal{V}$eronika war eine sehr schöne junge Frau und sie schien oft Sport zu treiben, das hatte Birgit an den unübersehbaren Muskeln erkannt. Selbst jetzt im November trug die Frau nur T-Shirts, die ihre Oberarme frei ließen. Sie war gertenschlank und einen halben Kopf größer als Birgit. Die langen schwarzen Haare hatte sie zu einem Zopf zusammen gedreht, der ihr bis weit über die Schultern fiel. Veronika hatte markante Wangenknochen und leicht schräg stehende, mandelförmige Augen. Eigentlich eine sehr schöne Frau und trotzdem wollte im Büro keiner was mit ihr zu tun haben, denn ihre Mundwinkel zeigten permanent nach unten und sie wirkte missmutig und launisch. Und gerade mit ihr würde Birgit nun den nächsten Schritt machen müssen.

Alleine würde sie die Verhandlungen aber nicht führen können. Sie konnte ja noch nicht mal Auto fahren. Und bei den Materialproben, die sie da zu begutachten hatte, würde sie auch zwischen zwei verschiedene Schrauben keinen Unterschied feststellen können. Da war es natürlich besser, jemanden dabei zu haben, der sich da auskannte.

Da hatte Robby schon Recht, aber gerade Veronika?

Birgit kaute auf dem Stift herum und sah zu der Frau hinüber, die keine vier Schritte vor ihr saß. Selbst wenn sie ihr den Rücken zukehrte, so wie jetzt, war die Anspannung der jungen Frau unübersehbar.

Als sie gefragt hatte, ob sie mit zu den Vertragsverhandlungen kommen würde, da hatte Veronika ihr zwar zugesagt, aber das Gesicht, das sie dabei gezogen hatte, das hatte Birgit an ihrem Plan zweifeln lassen. Wenn Veronika mit diesem Gesicht in der Beratung saß, dann war der Deal mit dem Zulieferer in Gefahr! Doch ohne sie war es noch viel schwieriger.

Grübelnd dachte Birgit zurück, wie sie eine Woche zuvor gewesen war. Da war es sicher ähnlich gewesen und nur Robbys „Hilfe" hatte ihr das nötige Selbstvertrauen gegeben, sich Frau Palhuber zu stellen und nur deshalb hatte sie das Projekt noch. Nun kam der nächste Schritt.

Der Umschlag, den ihr Robby am Morgen gegeben hatte, knisterte in ihrer Handtasche, als sie hineingriff. Noch etwas anders ertasteten ihre Fingerspitzen. Den kleinen blauen Helfer mit dem genoppten Kopf. Sie hatte ihn jetzt zwei Tage nicht gebraucht, da Hans ja bei ihr gewesen war, aber er gab ihr die Sicherheit, die sie brauchte. Gab es für Veronika einen ähnlichen „Helfer"? Robby hatte ihr am Morgen erzählt, das die Frau vor ein paar Jahren noch ganz anders gewesen war. Nun musste Birgit eigentlich nur den Grund für diesen Wandel finden und versuchen, der anderen Frau zu helfen.

„Birgit! Träum nicht!", hörte sie Robbys Stimme, die sie aus ihren Gedanken riss. „Du schaffst das schon", sagte er weiter und hob ermutigend den Daumen. „Deinen Optimismus möchte ich haben", stöhnte Birgit leise, aber er hatte es trotzdem gehört. Aufmunternd zwinkerte er ihr zu und widmete sich wieder seiner Arbeit. Birgit sah zu Veronika. Das Hotel fiel ihr wieder ein, welches sie für die zwei Nächte gebucht hatte. Darin gab es einen Wellnessbereich mit Sauna, Massagen und einem kompletten Sportstudio.

Die Bilder des Studios waren sehr schön gewesen und Veronika war hoffentlich davon begeistert. Sie selbst würde da lieber wieder die Massage in Anspruch nehmen, denn schwitzen wollte Birgit nur in der Sauna.

Das Geld, welches ihr Robby gegeben hatte, das würde für das Essen und die Bar genügen. So richtig hatte sie sich gar nicht dafür bei dem Mann bedankt. Schon in dem Hotel hatte er sie praktisch ausgehalten und nun hatte sie noch mehr „Schulden" bei ihm. Auch in seinem Umschlag waren 500 Euro gewesen, das hatte sie schnell kontrolliert. Doch wie sollte sie ihm ihre Dankbarkeit zeigen?

Natürlich waren sie Freunde geworden, aber sie hatte mal früher gehört, beim Geld höre die Freundschaft auf. War dem wirklich so? Oder half man sich nicht einfach manchmal? Und wenn nötig eben auch mit Geld?

Blieb ihr eben die Frage, was sie für Robby tun konnte und wie es mit Veronika weiter gehen sollte. Natürlich hatten sie am folgenden Tag genug Zeit im Auto, um zu reden, doch so verschlossen, wie die Frau im Büro war, würde sie sich wohl kaum im Auto öffnen und ihr das Herz ausschütten. Da brauchte es einen Punkt, um ein Gespräch führen zu können.

Gedankenverloren ging Birgits Blick über den Schreibtisch der anderen Frau. Gab es da nicht irgendetwas, was ihr dabei half? Kein Bild und keine anderen persönlichen Gegenstände waren darauf zu sehen. Nur normale Büroausstattung. Da würde es schwierig werden.

Der Zeiger rückte auf 12:00 Uhr. Mittag! Veronika stand auf und nahm ihre Jacke. Sicherlich würde sie zum Mittag gehen, wie alle anderen im Büro auch. Der Raum leerte sich und Birgit war die letzte. Schnell klappte sie den Ordner zu, stand auf und warf einen letzten Blick auf den Tisch der anderen Frau. Konnte sie diesen einfach so durchsuchen? Wenn sie dabei erwischt werden würde, dann wäre alles aus. Dann wären Job und Projekt futsch.

Sich noch einmal zur Tür umdrehend, schob sich Birgit langsam in Richtung des fremden Schreibtischs. Ein Schubfach stand einen halben Zentimeter offen!

Es war eine Verlockung und eine Falle zugleich!

Ein letzter Blick zur Tür, dann zog sie das Fach auf. Papiere, Briefe und ganz unten ein zerrissenes Foto. Veronika und ein junger Mann. Arm in Arm. Sie sahen verliebt aus. Schnell legte sie alles zurück und schob das Fach wieder zu. War der junge Mann der Grund für Veronikas Verbitterung? Vielleicht. Zumindest hatte sie nun einen Punkt für die Gespräche gefunden. Männer!

Birgit nahm ihre Jacke vom Haken und drehte sich zur Tür, als Veronika zurück in das Zimmer kam. Offensichtlich hatte sie an diesem Tag ihr Mittag mit. Das hätte gehörig schiefgehen können! Beide Frauen nickten sich zu und Birgit war draußen.

Im Gang atmete sie hörbar aus. Die Anspannung fiel von ihr ab. Am Rande des Flures stand Robby am Kaffeeautomaten. Birgit griff in die Jackentasche, zog einen Euro heraus und warf ihn in den Automaten, weil sie sah, dass der Mann in allen Taschen kramte.

Dankbar nickte er ihr zu und drückte auf den Knopf. Die Maschine brummte und der Kaffee lief in den Becher. Ein kleiner Tausch. 500 Euro gegen einen!

Danach holte sie sich ihren Kaffee und bedankte sich noch einmal bei Robby. „Treffen wir uns mal auf ein Bier?", fragte er, als er seinen

Kaffee probierte. „Warum nicht", antwortete Birgit lächelnd. Da hatte sie dann die Möglichkeit, sich zu revanchieren. „Heute Abend?", fragte sie, nach zwei Schlucken und Robby nickte. Ein kurzes Gespräch begann im Flur. Etwas Unverfängliches. Das Wetter!

Nach ein paar Minuten gingen sie gemeinsam in das Büro zurück und sie sah, dass Veronika die Schublade offen hatte und hineinsah. Es schien ihr so, als ob sie eine Träne gesehen hätte, doch Veronika drehte sich schnell von ihnen fort und wischte mit der Hand über ihr Gesicht.

„Elender Rauch!", sagte die junge Frau, erhob sich und schloss das Bürofenster, das zwar zur Raucherinsel zeigte, durch das aber sicher kein Zigarettenrauch hereingekommen war.

29. Kapitel

Ein Treffen unter Freunden

Sie hatte so schnell zugesagt, dass sich Robby schon fast dafür entschuldigen wollte, sie gefragt zu haben. Natürlich hatte er sie mit der Frage unwillentlich unter Druck gesetzt. Stunden zuvor hatte er ihr 500 Euro geschenkt und dann diese Frage. Hätte sie da ablehnen können? Natürlich! Doch offensichtlich hatte er für einen Moment da nicht nachgedacht. Gleichzeitig wollte er sie natürlich auch etwas aufmuntern, denn er hatte ihren Blick auf den Rücken von Veronika gesehen. Da war sie dann schon etwas zu bemitleiden. Und dann war es ja auch ihr Vorschlag gewesen, sich schon heute zu treffen.

Nun saßen sie also in der kleinen Bar, die sich unweit des Firmengeländes befand. Manchmal trafen sich hier die Kollegen abends und auch die Weihnachtsfeiern des Büros wurden hier jedes Jahr gefeiert. Geburtstagsfeten auch schon mal. Willy, der Wirt, kannte fast alle in der Firma und alle kannten Willy. Bis auf Birgit eben, aber das konnte er ja heute nachholen. „Sex on the Beach wirst du hier zwar nicht kriegen, aber das Bier bei Willy ist immer der Hammer", hatte er ihr gesagt, als sie den schummrigen Raum betreten hatten.

An einem der Tische in der Ecke hatte sie der dicke Mann platziert. Aus dem Radio plätscherte Musik in den Raum. Nicht zu laut, wodurch man nicht brüllen musste bei der Unterhaltung, und nicht zu leise. Genau richtig. Auch das kalte Bier war schnell gekommen und Birgit hatte mit ihm angestoßen.

Jetzt hatte sie Schaum auf der Lippe. Bezaubernd sah sie damit aus. Als sie es bemerkte, wischte sie sich mit dem Handrücken den Mund ab. Auch diese Geste war einfach nur schön. Nun begannen sie über alles Mögliche im Büro zu reden. Robby brachte ein paar lustige Anekdoten zur Büroarbeit in das Gespräch ein und Birgit zeigte die süßen Grübchen auf ihren Wangen beim Lachen.

Die Ablenkung von der schweren Fahrt funktionierte offensichtlich. Nach einer Weile blickte sie auf die Uhr und erschrak. „Schon so spät! Da fährt doch dann kein Bus mehr!", sagte sie und er antwortete sofort „Wenn du möchtest, dann kann ich dich später heimfahren." Nachdenklich antwortete sie „Erst gibst du mir das Geld und nun spielst du auch noch Taxi für mich?" „Mache ich doch gern", entgegnete er und nippte an seinem Bier.

Birgit angelte ihr Telefon aus der Handtasche und rief bei sich zu Hause an. Offensichtlich passte eine Freundin auf ihren Jungen auf. An das Kind hatte er schon gar nicht mehr gedacht und machte sich plötzlich Vorwürfe, dass er sie von ihrem Sohn ferngehalten hatte. Schließlich würde sie ja auch die nächsten beiden Nächte nicht zu Hause sein können.

Doch Birgit nickte ihm nur zu und sagte „Alles geklärt. Aber trinke nicht mehr so viel." „Das ist das letzte!", entgegnete er lachend und winkte Willy ab, der noch mal danach fragen wollte. „Mineralwasser", sagte er. „Cola mit Rum", setzte Birgit hinzu. „Wie in alten Zeiten?", fragte Robby und sie nickte schmunzelnd.

Wenig später blickte sie versonnen in das Getränk. „Das habe ich schon ewig nicht mehr probiert", erzählte sie schließlich und nippte an dem Glas. „Da hat Willy aber einen gehörigen Schuss hineingetan", setzte sie schließlich erklärend hinzu, als sie das Glas wieder vor sich abstellte.

„Zu Veronika", begann sie schließlich und fragte, „Hatte die mal einen Freund?" „Ich glaube ja. Aber die hat schon ewig nichts mehr von sich erzählt" „Ich habe ein zerrissenes Bild in ihrer

Schublade gefunden." „Du wühlst in ihrer Schublade?", fragte Robby und sah, wie sie rot wurde. „Ertappt!", sagte sie und lächelte gequält. „Vielleicht ist das die Ursache dafür, dass sie jetzt so verschlossen und griesgrämig ist", setzte Robby hinzu.

„Hast du Lust auf Billard?", fragte Birgit plötzlich, vermutlich um von der Wühlaktion abzulenken, und zeigte auf die Tür den Nebenraums, welche sich gerade wieder mal geöffnet hatte. „Warum nicht", antwortete Robby und schon wenig später standen sie an dem großen Tisch.

Hier hatte er schon ewig nicht mehr gespielt. Hoffentlich war das wie beim Fahrradfahren! Birgit stellte sich gar nicht mal so schlecht an. Mit dem ersten Stoß waren schon drei Kugeln im Loch. „Du bist ja Klasse!", sagte er anerkennend.

Birgit gewann jedes Spiel und das lag nicht an seiner fehlenden Übung. Es lag daran, wie sie spielte! Die Frau trug immer noch Rock und Bluse, die sie auch auf der Arbeit getragen hatte. Die obersten beiden Knöpfe der Bluse hatte sie aber, der Freizeitaktivität geschuldet, geöffnet und jedes Mal, wenn sie sich zum Stoß herabbeugte, bot sie ihm einen guten Einblick. Vermutlich unbeabsichtigt!

Hatte er noch am Morgen gedacht, dass alles gut war und sie ihn nicht mehr reizen konnte, so war das nun vorbei. Birgit trug einen BH mit Spitzenbesatz. Reizwäsche im doppelten Sinne! Und nun musste er spielen. Dabei hatte sich Robby direkt bis an den Tisch geschoben, damit keiner der anderen Besucher sehen konnte, dass er gern woanders „einlochen" würde.

Wieder musste er seine Anspannung herunterschlucken und hatte er am Morgen noch gedacht, dass sie ihn nicht mehr beeinflussen konnte, so war er nun eines Besseren belehrt. Doch es waren zu viele Menschen in dem Raum und von so nah war die Kugel einfach nicht richtig zu treffen. Seine mit sich selbst getroffene Abmachung „Nur Freunde, kein Sex" bröckelte immer mehr. Sollte er kurz auf die Toilette verschwinden? Das ging nicht! Er konnte hier nicht fort und mit jedem Spiel wurde es nur noch schlimmer!

Schließlich hatte Birgit zehn Spiele gewonnen und wollte wieder zurück in die Bar gehen. Triumphierend zog sie ihn am Arm und rief „Du musst mir einen Ausgeben!" Ihr Schwung riss ihn mit und er konnte sich nur noch geistesgegenwärtig so drehen, dass nicht jeder in dem Raum den Grund seiner verlorenen Spiele sehen konnte, doch Birgit konnte er damit nichts vormachen, dafür stand sie einfach zu nahe bei ihm.

Ein paar Augenblicke später saß er wieder im halbdunklen Schankraum an seinem Tisch. Es war eindeutig leiser geworden, trotz der Menschen und der späteren Stunde. Birgit nippte schmunzelnd an ihrem Getränk, das er ihr gerade als Siegestrophäe bestellt hatte. Cola mit Rum. Ein richtiges Gespräch kam irgendwie auch nicht mehr zustande. Sein Blick lag weiterhin auf ihr.

„Ich hasse es, wenn ich meinen Prinzipien untreu werden muss", erklärte er leise und gepresst. Mehr musste er wohl auch nicht sagen, denn Birgit wechselte vom Platz ihm gegenüber zur Bank neben ihn. Nun rieb ihr Ellenbogen auch noch an seiner Seite und machte es damit nicht viel einfacher für ihn.

Immer näher rückte sie und er sah an ihrem Gesichtsausdruck, dass sie das absichtlich machte. Wollte sie ihn damit quälen? Oder sich einen Scherz damit machen? Noch wusste er nicht, wie er das Ganze einordnen sollte. Sein Blick fiel auf die Toilettentür, aber davor brannte ein helles Licht. Jeder in der Bar würde es sehen! Und direkt neben der Tür saßen auch noch ein paar Kollegen aus der Produktion! Er war in der Falle! Und mit jedem Gedanken wurde es nur schlimmer!

„Nur an etwas anderes denken!", sauste es permanent durch seinen Kopf, aber sie saß zu nahe! Nach einer Weile beugte sie sich zu seinem Ohr und flüsterte, „Jetzt weiß ich, wie ich mich bedanken kann!" Robby spürte eine Hand auf seinem Bein. „Birgit! Nicht!", sagte er gequält, dann begann ihre Hand zu wandern und schließlich hörte er das Geräusch eines sich öffnenden Reißverschlusses.

Die Erektion sprang aus seiner Hose mit Macht ins Freie, wo sie von Birgit mit festem Griff willkommen geheißen wurde. Während sich ihre Hand zu bewegen begann, trank sie ungerührt lächelnd ihre Cola. Robby sah sich erschrocken um, aber nichts passiert. Keiner sah zu ihnen.

Eine viertel Stunde später zahlte Robby und ging mit Birgit fröhlich pfeifend aus der Bar.

Draußen warf sie das Taschentuch in einen Papierkorb und er hielt ihr die Wagentür offen.

Es war weit nach Mitternacht, als er sie vor ihrem Haus absetzte. Mit einem Kuss verabschiedete sie sich von ihm. „Freunde?", fragte sie und er nickte ihr zu.

30. Kapitel

Frauen und Autos

So früh war sie noch nie auf Arbeit gewesen. Selbst der Pförtner war gerade erst eingetroffen und schloss das große Tor auf, aber Hans hatte Frühschicht und sie wollte mit ihm fahren, wo sie sich doch nun wieder ein paar Tage nicht sehen würden. Das Gejohle von ein paar größeren Schulkindern nahm sie da beim Abschiedskuss im Bus gern in Kauf. „Bis später Schatz und eine gute Fahrt!", hatte ihr Hans noch gewünscht, bevor er die Tür hinter ihr schloss.

Jetzt hatte sie noch eine dreiviertel Stunde Zeit, um alles vorzubereiten. Noch einmal ging sie den Ordner durch, prüfte die Präsentation und merkte dabei gar nicht, wie die Zeit verging. Erst als die Kollegen in das Büro kamen, da sah sie von ihren Unterlagen auf.

Veronika kam gerade mit ihrem kleinen Koffer in den Raum. Sie trug ein sportliches Outfit. Eine hautenge dunkle Jeans, eine weiße Bluse und darüber ein vorn offenes Jackett. Birgit nickte ihr zu. Sie hatte sich für eine gelbe Bluse und einen schwarzen Rock entschieden. Wie würde das Treffen laufen? Bisher hatte sie nur per Telefon und E-Mail mit dem Zulieferer verhandelt. Wie würde die Frau aussehen, mit der sie seit zwei Wochen verhandelte? Und würde Veronika ihr eine Hilfe sein?

Bei deren derzeitigem Gesichtsausdruck war das wohl eher nicht zu erwarten. Trotz der kurzen Nacht fühlte sich Birgit Topfit! Alles hing von dieser Verhandlung ab! Zwar war der Arbeitsvertrag so gut wie sicher, aber noch hatte sie ihn nicht. Robby sagte „Wird schon! Viel Glück", zu ihr und sie nickte.

Mit dem Koffer und dem Laptop ging sie zu Veronika und fragte „Können wir?" „Ich muss noch die Fahrzeugpapiere holen!", erklärte Veronika in einem Ton, der Birgit zurückzucken ließ. Die geplanten Gespräche unterwegs schienen jetzt eher ein Selbstmordkommando zu werden. Birgits Herz rutschte ihr in den Schlüpfer.

„Ich gehe noch mal auf Toilette!", sagte sie schnell und eilte davon. Wenig später kam Veronika in den Waschraum und fragte „Können wir dann jetzt?", der Tonfall war eine Spur milder. Birgit nickte und schöpfte neuen Mut. Mit dem Koffer gingen sie nach unten und stiegen in das

Fahrzeug. Veronika gab Gas und rollte vom Parkplatz.

Ihr Fahrstil passte sich ihrem Outfit an. Sportlich war da noch untertrieben. Doch die Frau schien beim Fahren zu lächeln.

Sie holte alles aus dem Turbo heraus, was die StVO gerade noch so zuließ. Offensichtlich liebte es Veronika, Auto zu fahren und davon hatte Birgit nun so gar keine Ahnung. Ein paar Mal hatte sie unterwegs sogar die Augen vor Angst geschlossen.

„Können wir da mal einen Kaffee trinken?", fragte Birgit und zeigte auf das blaue Schild. „Geht klar!", sagte Veronika und zog über drei Spuren zur Seite. Wenn Birgit den Kaffee schon getrunken hätte, dann hätte sie vermutlich jetzt eine neue Hose gebraucht. Mit zitternden Knien stieg sie wenig später aus dem Fahrzeug. „Kannst du mir einen Kaffee holen? Nur mit Milch. Ich muss mal auf die Toilette?", fragte Birgit und Veronika nickte. „Ich tanke vorher noch mal voll", antwortete sie und zog die Jacke aus.

Im kühlen November, in dem dünnen Hemd, stand sie an der Zapfsäule und Birgit lief fröstelnd zur Tankstelle hinüber. Sie hatte schon begriffen, dass sie an Veronika nur über Autos oder Sport herankommen konnte und in beidem kannte sie sich nun so gar nicht aus. Zumindest hatte sie mit Hans schon mal über Autos geredet und da würde sie vielleicht eher bei Veronika eine Gesprächspartnerin finden.

Als sie in den Verkaufsraum der Tankstelle kam, da stand Veronika an einem Tresen und redete mit zwei großen Männern, die mit ihrer Kleidung als Trucker zu erkennen waren. Auch der große LKW stand direkt vor dem Fenster.

Birgit stellte sich dazu und hörte einfach still zu. Sich am warmen Kaffee festhalten sah sie eine andere Veronika, als die, die sie jeden Tag im Büro sah. Diese Frau hier lachte und machte derben Zoten, die sicher sogar Hans das Blut in den Kopf getrieben hätten.

Die beiden Männer gingen nach einer Weile und Birgit sagte „Danke für den Kaffee." Dann schob sie einen fünf Euro Schein über den Tisch. „Lass mal stecken", entgegnete Veronika und schob den Schein zurück. „Du fährst gern Auto.

Oder?", begann Birgit und Veronika Augen suchten das Fahrzeug vor der Tankstelle.

„Weißt du", begann sie und setzte nach einem Schluck Kaffee fort, „Ich habe nur so eine lahme Ente zu Hause. Einen Citroën 2CV. Der ist an sich toll. Ich kann alles an ihm reparieren, aber die hundert erreiche ich damit nicht. Der da fährt locker 270!" Dabei leuchteten ihre Augen auf. „Ich habe es gespürt", sagte Birgit. „Du bist eine gute Beifahrerin", entgegnete Veronika und setzte hinzu, „Meine Mutter hätte ständig geschrien und jetzt vermutlich eine neue Hose gebraucht!"

„Danke für das Kompliment, aber fast wäre es mir auch so gegangen", erklärte Birgit lächelnd. „Entschuldige" „Keine Ursache. Aber die Besprechung ist trotzdem erst morgen!", sagte Birgit und trank ihren Kaffee aus. „Soll ich langsamer fahren?", fragte Veronika und Birgit schüttelte den Kopf.

Genauso schnell, wie sie auf ihn gefahren waren, verließen sie den Rastplatz wieder. War nun die Zeit für ein Gespräch? Oder würde das Veronika bei Tempo 270 nur zu sehr ablenken? Der Versuch musste gemacht werden! Vorsichtig tastete sich Birgit an des Pudels Kern heran.

„Gehst du eigentlich auch zu Autorennen?", fragte Birgit. „Früher bin ich sogar selbst gefahren", entgegnete Veronika und setzte erklärend fort, „Mein Vater hat mich von klein auf zu seinen Rennen mitgenommen. Ich bin mit fünf meinen ersten Go-Kart gefahren. Später dann Rally, aber nicht so die berühmten Strecken. Nur so zum Spaß." „Und dein Freund? Kommt der da mit dir mit?", schoss Birgit ihre Frage ab. Schlagartig verfinsterte sich Veronikas Gesicht. Birgit spürte, wie sie in den Sitz gepresst wurde.

Die Nadel näherte sich der 300! „Veronika bitte! Entschuldige!", sagte sie schnell und die Frau nahm deutlich das Tempo weg. „Du kannst es ja nicht wissen", sagte sie gepresst, „Er hat mich für eine andere verlassen. Für eine mit mehr Kurven, die aber nicht um die Kurve fahren kann. Mit der geht er jetzt sicherlich zu den Rennen!" „Also doch!", dachte sich Birgit und sah eine Träne über die Wange von Veronika laufen.

„Denk nicht an ihn! Habe Spaß!", sagte sie leise und merkte wie Veronika den Wagen wieder beschleunigte. Als die Nadel die 300 überschritt, zog ein Lächeln über Veronikas Gesicht.

31. Kapitel

Nähe und Vertrautheit

Sollte er sich Rita gegenüber schuldig fühlen? Nach dem, was Birgit am Abend zuvor getan hatte. Vielleicht. Als er nach Hause gekommen war, da war Rita noch wach gewesen. Im Nachthemd, in eine Decke gekuschelt, hatte sie auf ihn gewartet. „Und? War es schön?", hatte sie gefragt und er hatte zugestimmt. Innerlich hatte er sich natürlich Vorwürfe gemacht. Seltsamerweise aber nur Birgit gegenüber.

Er lag im Bett wach, dachte an die Frau zurück und an das, was sie ihm über sich erzählt hatte. Noch eine oder zwei Wochen zuvor wäre so etwas bei Birgit sicher nicht passiert. Völlig undenkbar! Vielleicht hatte ihr Umgang mit ihm sie verdorben. Oder befreit! Diese Lässigkeit, mit der sie das „Problem" beseitigt hatte, dass ihr zu tief sitzender Ausschnitt bei ihm bewirkt hatte, die hatte ihm zu denken gegeben.

Zu Hause hatte sich seine Frau dann auf dem Sofa an ihn gekuschelt. Schweigend hatten sie bei Kerzenlicht und leiser Musik einfach nur so gesessen. So wie früher! In ihrer ersten Bude. Schön war es gewesen. Und nun begann ein neuer Tag. Birgit würde ihr Projekt zu Ende bringen und er war stolz auf sie, dass sie das so souverän meisterte. Ein bisschen war es ja auch sein Verdienst. Der Wecker klingelte und Rita kuschelte sich im Bett an ihn an.

„Bleib doch noch ein paar Minuten!", bat sie ihn und er stimmte ihr schweigend zu. Streicheln, kuscheln und küssen in der Dunkelheit. Zehn Minuten der Nähe und der Vertrautheit. Es war so schön und auch das war ein Verdienst von Birgit, denn ohne sie wäre wohl seine Ehe nicht mehr zu retten gewesen. Oder doch? Wer konnte es schon wissen? Sie hatten sich gegenseitig geholfen.

Vielleicht war das lange vor ihrer Geburt mal so abgemacht gewesen. „Hilfst du mir, so helfe ich dir!" Ganz einfach und doch so selten in dieser heutigen, hektischen Welt. Da sah man sich nicht mehr in die Augen. Wie viele Chancen blieben dabei ungenutzt zurück? „Ich muss ins Bad!", sagte er schließlich und Rita ließ ihn nur widerwillig los.

Als er im Bad ankam, da schlüpfte sie hinter ihm durch die Tür. „Rita!" „Nur ein paar Minuten!", sagte sie, zog ihr Nachthemd aus und kam zu ihm in die viel zu kleine Duschkabine. Eine viertel Stunde später trockneten sie sich entspannt gegenseitig ab.

„Bis heute Abend!", sagte sie zum Abschied und küsste ihn an der Tür. Nun würde er ab dem Abend den Wecker eine viertel Stunde früher klingeln lassen. Kuschelzeit am Morgen sozusagen. Auch, wenn die drangvolle Enge der Dusche nicht viel mit kuscheln zu tun hatte.

Seit sie sich ausgesprochen hatten, war Rita eine andere Frau geworden. Das hing sicher auch damit zusammen, dass er sich geändert hatte. Die Lust aufeinander war zurück und da er nicht mehr jede Nacht von Birgit träumte, war er nun auch bei Rita wieder der ausdauernde Liebhaber.

Zusätzlich hatte er in der Stadt einen kleinen Erotikladen gefunden, der fast auf seinem Heimweg lag und in dem er das eine oder andere kaufen konnte, was ihnen beiden Spaß machte und so manche Nacht versüßen konnte.

Derselbe Weg zur Firma, aber seine Gedanken waren bei Rita und nicht bei Birgit. Rita war seine Frau. Birgit nur eine gute Freundin. Wieder dachte er an seine stille Abmachung mit sich selbst „Freundschaft, kein Sex!" Doch wenn man so wollte, dann war Birgits „Handreichung" vom Vorabend auch kein Sex gewesen, sondern nur eine freundschaftliche Hilfestellung. Aber er wollte es nicht weiter vorantreiben. Birgit lag hinter ihm und natürlich wollte er sich nicht in ein paar Tagen oder Wochen dabei erwischen, dass er an Birgit dachte, während er mit Rita schlief. Da würde er sie beide betrügen!

Firmenparkplatz. Veronika quälte sich aus ihrer Ente. Wie die groß gewachsene Frau da überhaupt hineinpasste, das war ihm ein Rätsel und auch, warum sie diese alte Klapperkiste überhaupt noch fuhr. Heute war sie besonders schick angezogen und der kleine Rollkoffer, den sie am Griff über den unebenen Parkplatz trug, erinnerte Robby wieder daran, dass sie heute mit Birgit fahren würde. Zu gern hätte er Birgit zur Verhandlung begleitet, aber Veronika war die einzige, die Birgit dort helfen konnte und die Klarheit diese Gedanken ließ sich nicht leugnen.

Er ging hinter ihr her und der Gesichtsausdruck der Frau, als sie ihm die Tür aufhielt, der ließ ihn an dieser Entscheidung auch schon wieder zweifeln. Sie nickten sich nur zu und er war mit ihr im Gebäude.

Birgit saß schon mit Laptop und Ordner an ihrem Platz. Irgendwie konnte er sich gar nicht mehr vorstellen, wie das gewesen war, bevor sie in dieses Büro gekommen war. Zwischen ihnen gab es da so eine Art von Vertrautheit. Seelische Nähe könnte man das wohl nennen und sicher fühlte auch sie es so. Sonst wäre sie bestimmt nicht so schnell in seinem Bett gelandet. Oder er in ihrem? „Viel Glück", wünschte er ihr, als sie aufbrach. Sie hatte kein Wort zum Abend verloren und auch er würde ihn nicht mehr erwähnen.

In der Mittagspause machte sich Robby auf den Weg zu dem kleinen Laden. Ausgiebig stöbernd ging er durch die Gänge mit den Regalen. Hier gab es noch so viel, was ihm und Rita gefallen konnte. Eine Flasche Massageöl und ein kleiner Vibrator wanderten diesmal in die braune Papiertüte. Batterien hatte er ja noch. Die Tüte deponierte er im Wagen und freute sich schon darauf, den Inhalt mit seiner Frau zusammen auszuprobieren. Damit konnte er es nun auch nicht mehr erwarten, dass endlich Feierabend wurde.

Wie immer, wenn man es nicht erwarten konnte, krochen aber die Zeiger über das Zifferblatt der Bürouhr und nach unendlich vielen Blicken war es endlich 17:00 Uhr. So schnell er konnte, sauste er den Heimweg zurück. Schmunzelnd stellte er sich vor, was Rita für Augen machen würde, wenn er ihr die Tüte übergab.

Mit hastigen Schritten rannte Robby die Treppe hinauf und Rita öffnete die Tür. Sie trug ein atemberaubendes kurzes Kleid und hatte eine Hand hinter dem Rücken.

Er begrüßte sie mit einem stürmischen Kuss und nachdem er in die Wohnung gezogen worden war, gab sie ihm eine ebensolche Tüte. „Du warst auch dort?", fragte er, als sie ihre Tüten getauscht hatten. Lächelnd nickte sie. Dann hob er sie hoch und trug sie in das Schlafzimmer. Der Inhalt zweier Tüten wollte ausprobiert werden. Spielzeug für große Kinder!

32. Kapitel

Göttinnen unter sich

Kurz nach dreizehn Uhr waren sie in dem Hotel angekommen. Veronika hatte unterwegs zweimal tanken müssen, obwohl ein Tank locker hätte reichen müssen. Schmunzelnd hatte sie gesagt „Der zweite Tank geht auf mich!" Vermutlich war der ohnehin schon hohe Verbrauch der Fahrweise entsprechend noch weiter gestiegen und offensichtlich war Veronika auch noch einen ziemlich großen Umweg gefahren, nur um auf einer Strecke ohne Geschwindigkeitsbegrenzung zu sehen, wie schnell der Turbo wirklich war. Die Nadel war weit im roten Bereich gewesen und eventuell hatte die Flugaufsicht schon geprüft, welches Flugzeug da wohl die Mindestflughöhe unterschritten hatte.

Damit hatten sie jetzt also beide viel Zeit und da das Zimmer erst gegen 14:00 Uhr fertig sein würde, lud Birgit die andere Frau zum Mittag in das schicke Restaurant des Hotels ein.

„Das ist ja ein ziemlicher Nobelschuppen!", sagte Veronika laut, als sie in die Karte geblickt hatte und sich in dem Restaurant umsah. Zum Glück hatte Birgit ja die 500 Euro von Robby, sonst hätte sie sich das hier wohl kaum leisten können. Auch in diesem Hotel lag ein Flyer mit der Wellnessoase auf dem Tisch und Birgit klappte diesen auf.

Der kleine Pool war wieder sehr schön, aber auch die Bilder der anderen Räumlichkeiten sagten ihr zu. Diesmal hatte sie an den Bikini gedacht. Es würde also ein entspannter Nachmittag werden.

„Schau mal!", sagte Birgit und hielt Veronika den bebilderten Bogen hin. „Ein schönes Fitnessstudio", begann die Frau und blätterte die vier Seiten durch. „Ich werde mir wieder Massage und Sauna gönnen", setzte ihr Birgit entgegen und sah zum Kellner hinüber, er gerade mit zwei Tellern aus der Küche kam.

Da sie ja noch etwas Wellness machen wollte, hatte sie sich für einen Salat entschieden und Veronika hatte sich in ihrer Wahl ihr angeschlossen. „Kaninchenfutter!", sagte Veronika, als sie sich das erste Blatt in den Mund schob. Ihre Laune war immer noch deutlich besser, als sie es im Büro bisher gewesen war.

Auf der ganzen Fahrt hatte Birgit den Freund von Veronika nicht mehr erwähnt. Der eine Schreckmoment hatte ihr schon völlig gereicht, aber hier konnte ja nicht viel passieren. „Dein Freund. Was ist denn da passiert?", fragte sie deshalb noch einmal nach und Veronika begann sie zu fixieren. Ihre Augenbrauen zogen sich zusammen. Schließlich antwortete sie, „Der hat mich mit meiner besten Freundin betrogen. Ich habe die beiden erwischt. In unserem Bett!" „Verstehe!", gab ihr Birgit zurück.

Das Gesicht von Veronika blieb aber verfinstert. Hatte sie nun alles verspielt, was die Autofahrt positives hätte bewirken können? „Warum suchst du dir keinen anderen?", fragte sie, während sie das Dressing von dem Löffel ableckte. „Einen, der mich dann auch wieder betrügt?", antwortete Veronika und zerteilte ein Salatblatt ziemlich rabiat mit dem Messer.

Es war eine unmissverständliche Warnung und deshalb ließ sie weitere Fragen, solange Veronika noch ein Messer in der Nähe haben würde. Der Kellner kam und Birgit zahlte.

Nun waren auch die Zimmer bereit und sie fuhren mit dem Lift nach oben. Beide Zimmer hatten eine Verbindungstür, die man von jeder Seite aus öffnen konnte, aber bei der beide schließen mussten. Die Tür stand weit offen und Birgit rief in das andere Zimmer hinüber „Bis später dann", danach machte sie sich mit Bikini, Handtuch und Bademantel auf den Weg zu dem Pool.

Wenige Augenblicke später plantschte sie in dem Becken. Das Wasser war herrlich und es spielte eine leise Musik aus ein paar versteckten Lautsprechern. Meeresrauschen vom Band und leise Gitarrenklänge. Einfach schön! Hier konnte man es aushalten.

Sicher eine Stunde später ging sie zu der Sauna hinüber. Es würde bestimmt niemand darin sein, denn es war ja immer noch nicht Abend. Trotzdem band sie sich ein Handtuch um die Hüften, legte den Bikini zum Trocknen ab und betrat den Raum.

Direkt vor ihr lag Veronika ausgestreckt auf der oberen Bank. Nackt mit den Füßen zu ihr. Das kleine schwarze Dreieck aus Löckchen auf ihrem Venusberg zeigte wie ein Pfeil unübersehbar auf den Beginn ihre Vulva. Dieser Pfeil zog Birgits Augen magisch an. Diese Frau war wirk-

lich wunderschön und hätte man sie weiß ange-
malt, so hätte jeder sie für eine griechische Göttin
aus Marmor halten können. Birgit setzte sich auf
die andere Bank und musste weiter diese Frau
betrachten. Veronika hatte die Hände auf dem
Bauch liegen und atmete ruhig. Vielleicht schlief
sie auch.

Alles an ihr schien perfekt zu sein. Hüften,
Wangenknochen, Brüste, sogar die Füße hatten
perfekte Abmessungen und trotzdem war Veronika unglücklich. All die Jahre hatte sich Birgit
immer solch einen Körper gewünscht. Doch offensichtlich brauchte es mehr, als ein perfektes
Aussehen zum Glück. Wieder sauste das Gespräch mit Greta durch ihren Kopf.

Auch weiterhin konnte Birgit ihren Blick
nicht von dem nackten Körper abwenden. Es war
ihr peinlich, Veronika so anzustarren und trotzdem musste sie einfach damit weitermachen. Irgendwann merkte Veronika es wohl, öffnete die
Augen und drehte ihren Kopf ihr zu. „Du bist
wirklich wunderschön", sagte Birgit. „Ja! So
schön, dass mein Freund zu mir Hungerhaken
gesagt hat und sich eine andere genommen hat,
wo er mehr in der Hand hatte", entgegnete Veronika und setzte hinzu „Du bist schön. Deine Kurven hätte ich gern."

Die Frau setzte sich auf und drehte sich nun zu ihr zu. „Wir sind beide schön, auf unsere eigene Art", begann Birgit und setzte fort, „Das habe ich auch erst vor ein paar Tagen lernen dürfen. Wenn wir uns akzeptieren, so, wie wir sind, dann sind wir schön!" Birgit stand von der Holzbank auf und trat einen Schritt vor. Nun stand sie direkt und Auge in Auge vor Veronika.

„Lass dir sagen, du bist wirklich wunderschön. Wie eine griechische Göttin!", sagte Birgit und musste die Wange der Frau streicheln. Noch nie hatte sie eine andere Frau gestreichelt und doch war es wie in einem inneren Zwang. „Es wäre schön, wenn ich dir glauben könnte", begann Veronika leise und Birgit unterbrach sie sofort. „Glaube es!", erklärte sie und zog ihre Hand nach unten weg. Dabei berührte sie unbeabsichtigt auch die Brust der Frau, doch Veronika zuckte nicht zurück.

„Wollen wir noch in die Bar nach oben gehen? Nach dem Duschen?", fragte Birgit und Veronika stand wortlos auf. Zusammen verließen sie die Sauna, zogen sich die Bademäntel über und fuhren mit dem Lift auf ihre Zimmer.

Erst dort bemerkte Birgit, dass die beiden Zimmer zu einer Suite gehörten, denn als sie in die Dusche gehen wollte, stand da Veronika schon unter dem warmen Strahl. Beide Zimmer hatten jeweils einen Zugang zu dem riesengroßen Bad. Unschlüssig stand sie dort in der Tür, bis Veronika sagte „Komm her, die Dusche ist groß genug!"

Zu zweit unter einer Dusche? Mit einer Frau? Die Berührung in der Sauna fiel ihr wieder ein. Aber war sie nicht auch mit Robby in einer Wanne gewesen? War das etwas anderes? Wie sollte sie das Angebot von Veronika werten, denn sie waren ja nur Kolleginnen. Schließlich warf sie den Bademantel ab und trat zu der Frau. Es war wirklich genug Platz, trotzdem berührten sie sich fast ständig.

Diese intime Nähe machte Birgit mutiger mit ihren Fragen und auch Veronika schien durch das warme Wasser vollends aufzutauen. Sie pfiff ein Lied unter dem Wasserstrahl, während Birgit sie unverblümt fragte „Hattest du schon mal einen Orgasmus?" Irgendwie hatte das raus gemusst und Veronika war es wohl auch nicht peinlich. Sie sagte nur kurz „Nur ein Mal. Mein Freund hat damals beim Sex meinen G-Punkt getroffen. Das war, als würde ich fliegen! Und du?" „Bis vor einer Woche noch nie, seitdem unzählig!", erklärte Birgit und versank in schönen Gefühlen.

„Du glückliche!", antwortete Veronika und stieg aus der Dusche. „Möchtest du mal wieder einen haben?", fragte Birgit und stellte das Wasser ab. „Natürlich. Bloß wie?", entgegnete Veronika und trocknete sich mit einem Handtuch ab. „Ich habe eine Idee. Ich hole meinen Freund", sagte Birgit und Veronika zog die Augenbrauen hoch. „Den habe ich immer mit. In der Handtasche!", rief Birgit lachend und lief nackt und von Wasser triefend in ihren Raum, wo die Handtasche auf dem Tisch lag.

Mit dem kleinen Vibrator kam sie zurück, reichte ihn Veronika und trocknete sich weiter ab. „Einen Versuch ist es sicher wert!", sagte Veronika zögerlich und drehte das blaue Plastikteil unschlüssig in ihren Händen. „Dann ab aufs Bett mit dir!", befahl Birgit und die andere Frau folgte dieser Anweisung sofort. Nun legte auch Birgit alle Zweifel ab. Zwei nackte Frauen in einem Bett? Die Mutter hätte sich nicht wieder ein bekommen!

Mit ein paar Schritten war sie Veronika gefolgt und wie sie es bei Robby gesehen und erlebt hatte, begann Birgit mit Lippen, Fingern, Zunge und Vibrator die unter ihr liegende Veronika zu erkunden.

Es dauerte auch gar nicht lange, bis die Schwingungen die andere Frau in eine solche Erregung versetzt hatten, dass sie japsend nach Luft rang. „Komm für mich! Und für dich!", sagte Birgit leise und diese Worte reichten aus, um Veronika zum Aufbäumen zu bringen. Nach ein paar Minuten war sie dann eingeschlafen und Birgit zog sich in ihr Zimmer zurück.

War es ihr vor Stunden noch peinlich gewesen, die andere Frau in der Sauna zu berühren, so hatte die keuchende und stöhnende Veronika Birgit nun so erregt, dass sie dringend Erleichterung suchen musste. Von der Tür aus warf sie einen letzten Blick auf die andere Frau und lächelte. Ihr Spielzeug gehörte nun nur noch ihr.

33. Kapitel

Am Ende wird alles gut!

Eine tastende Hand weckte Robby aus seinem Schlaf. Es war noch dunkel und ein Blick auf die leuchtenden Ziffern des Weckers versprach eigentlich noch eine Stunde Ruhe, doch die würde ihm Rita sicher nicht gewähren. Langsam glitten die Finger suchend nach unten. „Du bist ja schon wach", flüsterte sie ihm ins Ohr. Ihre Hand hatte den Saum seiner Schlafanzughose erreicht und überwand dieses Hindernis mit Leichtigkeit.

„Was haben wir den Hier!", flüsterte sie lüstern und er stöhnte auf, als sich ihre Hand um das schloss, was der Schlaf so großartiges bewirkt hatte. Mit einem Ruck war die Decke von seinem Körper gerissen und die Schlafanzughose folgte wenig später. „Jetzt ein kleiner Morgenritt", flüsterte Rita und schwang ihr Bein über ihn. Mit einer schnellen Bewegung nahm sie ihn in ihren Körper auf. Das Quietschen des Bettes störte sie beide nicht.

Gegen das etwas hellere Fenster nahm er ihre Konturen wahr. Langsam bewegte sie sich auf und ab. Das Nachthemd hatte sie offensichtlich schon zuvor von sich abgestreift. Immer schneller wurde die Frau und auch sein Atem ging immer schneller. Mit einem erlösenden Schrei kamen sie beide gleichzeitig zum Höhepunkt und nun waren sicher auch die Nachbarn wach.

Rita fiel auf ihn und er spürte ihren warmen Körper auf sich. Zeit zum Streicheln und küssen. Vieles in seinem Leben hatte sich geändert. Sie waren nun viel spontaner und hatten wieder Lust aufeinander. „Du machst mich so geil!", flüsterte er, drehte sie auf den Rücken und begann sie erneut zu verwöhnen. Das Piepsen des Weckers störte da nur kurz. Er hatte noch Zeit und verwöhnte seine Frau weiter ausgiebig.

Eine halbe Stunde später stand er im Bad und Rita war noch unter der Dusche. Diesmal musste er sich wirklich beeilen, sonst kam er zu spät auf Arbeit. Daher gab er der Frau unter dem warmen Wasserstrahl nur einen Kuss und schloss die Badtür.

Derselbe Weg in das Büro, aber er konnte es kaum erwarten, am Abend wieder zu ihr zurückzukommen.

Im Büro war eine eher ausgelassene Stimmung. Am Abend zuvor hatte ein Anruf von Birgit schnell die Runde gemacht. Der Vertrag war in trockenen Tüchern. Das würde zu einer Prämie für die ganze Abteilung reichen. Noch war sie nicht eingetroffen. Vielleicht brach sie mit Veronika gerade jetzt im Hotel auf, um den Rückweg anzutreten.

Auch auf der Arbeit hatte er sich vorgenommen etwas zu ändern. Er wollte nun nicht mehr der angepasste Kriecher sein. Das Selbstbewusstsein, das er bei Birgit aufgebaut hatte, das färbte nun auch auf ihn ab. Von jetzt an würde er auch mal den Mund aufmachen, wenn ihm etwas nicht passte. Viel zu lange hatte er da schon den „Schwanz" eingezogen.

So würde am Ende doch noch alles gut werden. Die Arbeit begann und einer der anderen Abteilungsleiter kam mit einem Stapel Akten in das Zimmer. Er warf diese auf den Tisch und sagte „Mach mal!" „Nein!", entgegnete Robby und sah sich die Akten an. „Das machst du schön selber! Das habt ihr doch verbockt!", entgegnete er und sah, wie der Mann die Akten wieder aufnahm. Sich nach einer anderen Ablagestelle umsehend, wendete der Mann sich ab und Robby sagte laut, damit es jeder im Zimmer hören konnte, „Lass das Zeug nicht hier! Wenn ihr etwas falsch macht, dann geh zum Chef und erkläre ihm das!"

Wutschnaubend verließ der Mann das Zimmer, aber Robby hatte recht mit seiner Einschätzung und er hatte keine Lust mehr, die Fehler der anderen Männer immer wieder vertuschen zu müssen. Er fühlte die Blicke der anderen Kollegen im Büro auf sich gerichtet, aber da war nur Zustimmung zu spüren. Insgeheim richtete er sich ein Stück mehr auf. Robby gewann noch mehr Selbstvertrauen dazu.

34. Kapitel

Volles Risiko

Die Verhandlungen waren perfekt abgelaufen und nun befanden sie sich beide wieder auf dem Rückweg. Bereits am vergangenen Tag hatte Veronika ein tiefenentspanntes Lächeln auf den Lippen gehabt und das hatte sicher ebenfalls zu dem Erfolg geführt. Mittlerweile waren sie beide Freundinnen geworden und Veronika hatte sich am Vorabend auf dieselbe Art bedankt, wie es Birgit den Abend zuvor mit ihr gemacht hatte.

Nachdem dann die Batterien leer gewesen waren, waren sie im Bett zusammen eingeschlafen. Die Mutter hätte die Hände über dem Kopf zusammengeschlagen und „Sodomie" geschrien. Zwei nackte Frauen eng aneinander gekuschelt im Bett! Aber ihnen beiden hatte es gefallen.

Auch die Frau vom Zimmerservice, welche ihnen das Frühstück auf ihr Zimmer gebracht hatte, hatte daran nichts Abstoßendes gefunden. Da hatten sie allerdings schnell die Bademäntel übergeworfen. Trotzdem hatten sie da noch im

Bett gelegen und die Situation war ziemlich eindeutig. Zusammen! Doch was war schon dabei?

Da Veronika die Verzögerung leicht wieder aufholen würde, hatten sie ausgiebig gefrühstückt und danach in der Wanne weiter entspannt. Zum Glück war die groß genug gewesen.

Nun hatte auch Birgit dieses entspannte Lächeln auf den Lippen, wie sie im Spiegel hinter der Sonnenblende gesehen hatte. Es machte ihr auch nichts aus, dass ihre fahrende Freundin gerade versuchte, einen neuen Streckenrekord aufzustellen. Die Schilder an der Seite der Autobahn flogen nur so dahin und auch das Navi hatte den Dienst eingestellt. Diese Geschwindigkeiten war es wohl nicht gewöhnt.

Mit dem Abschlussvertrag in der Tasche war nun der Arbeitsvertrag fest und sicher würde sie diesen am nächsten Tag erhalten. Vielleicht wieder mit einer kleinen Prämie verbunden, wodurch sie einen Teil ihrer Schulden bei Robby begleichen konnte. Zumindest war das ihr Plan. Da sie es an beiden Abenden nicht bis in die Bar geschafft hatten, war nur das Essen zu bezahlen gewesen, und so waren noch 250 Euro übrig. Das war schon mal eine Anzahlung für den Kollegen.

Veronika bremste deutlich ab und fuhr an einer Tankstelle rechts raus. Das Auto hatte Durst und auch Birgit stand der Sinn nach etwas zu trinken. „Kaffee?", fragte sie und die Freundin antwortete, „Das und Benzin. Wir haben nicht mehr viel davon im Tank!" „Wie viel noch?", fragte Birgit, als der Motor verstummte und das Auto mit dem letzten Schwung bis zur Zapfsäule rollte. „Du bist ja verrückt!", sagte Birgit. „Ich hätte es nicht gedacht, dass der Tank so schnell leer wird!", entgegnete Veronika, musste aber dabei lächeln. „Toilette und Kaffee!", erklärte Birgit und stieg aus.

Im Vorraum der Toilette hing ein Kondomautomat an der Wand und mit ein paar Münzen in der Hand dachte sie an Hans. Sie vertrug die Pille nicht und laut Handy war heute ihr fruchtbarster Tag. Für einen Moment dachte sie daran, dass er heute Abend sicher bei ihr sein würde, um den Erfolg mit ihr zu feiern.

Sollte es dabei nur beim Feiern bleiben? Oder Sex ganz ohne Gummi? Volles Risiko? Sie steckte die Münzen wieder ein und ging zu Toilette. Wie gut kannte sie Hans? So richtig noch nicht mal einen Monat und doch schien es ihr eine Ewigkeit zu sein. Bis auf die zweimal im Schwimmbad hatten sie immer Kondome benutzt, doch nun war wohl der Zeitpunkt für Vertrauen gekommen.

Ein Brüderchen oder Schwesterchen für Peter? Warum eigentlich nicht! Sie spürte, wie sie über das ganze Gesicht strahlte, als sie zurück zu Veronika ging, die lässig an einem der Tische in dem Café-Bereich der Tankstelle lümmelte. Zwei Kaffee standen dampfend vor ihr. Einen davon schob sie Birgit hin. „So wie du strahlst, sollte ich auch mal auf das stille Örtchen gehen!", witzelte sie.

Der Kaffee war sehr gut, wie Birgit beim ersten Schluck feststellte. „Ich habe an meinen Freund gedacht", erklärte Birgit. „An den in deiner Handtasche?" „Nein! An Hans. Es ist, als würden wir uns schon ewig kennen. Warum gehst du nicht auch auf volles Risiko?", fragte Birgit und Veronika sah nachdenklich aus. „Ich will nicht noch einmal verletzt werden", antwortete sie schließlich.

„Mein Freund ist damals einen Monat vor Peters Geburt bei einem Unfall ums Leben gekommen. Auch ich habe mich verschlossen und wollte den Schmerz nicht mehr an mein Herz lassen. Das hat mich acht Jahre meines Lebens gekostet!

Sei du nicht auch so dumm. Du bist wunderhübsch und kannst jeden haben!", entgegnete Birgit und trank den Kaffee aus.

Eine nachdenkliche Veronika stieg dann wenig später zu ihr in das Auto. „Volles Risiko?", fragte sie und Birgit nickte. „Wenn du dein Herz verschließt, dann kann der Schmerz nicht da hineingelangen. Aber auch die Freude und Lust können nicht hinein!", erklärte Birgit. „OK! Volles Risiko!", sagte Veronika und trat das Pedal bis zum Boden durch.

Das Auto machte einen Satz und schoss vom Parkplatz herunter. Wieder flogen die Schilder dahin und Veronika bremste erst ab, als die Heimatstadt auf den Ausfahrtschildern stand. In Rekordzeit waren sie in der Firma zurück. Dort schlenderte Veronika fröhlich pfeifend über den Parkplatz, schlug an der Raucherinsel einem der Arbeiter lachend auf den Hintern und betrat wenig später vor Birgit das Büro.

Wenn Birgit im Piratenkostüm hereingestürmt wäre, dann wären die Blicke der anderen Kollegen sicher nicht anders gewesen, als jetzt bei der fröhlich pfeifenden Veronika.

„Wie hast du das den geschafft?", fragte Robby, nachdem Birgit sich neben ihn gesetzt hatte. „Frauengeheimnis! Ach übrigens, die Batterien sind alle!", entgegnete sie und Robby schob ihr schmunzelnd die Ersatzbatterien herüber. Eine halbe Stunde später kam die Sekretärin in das Büro und sagte „Frau Mayer! Bitte sofort zum Chef!"

Schnell griff sich Birgit den Ordner, kontrollierte noch einmal alles und folgte der Frau. Im Büro vom Chef saß auch der Personalchef. Der konnte ihr aber auch dieses Mal nicht in die Augen sehen. Schnell übergab sie den Vertrag und erklärte die Verhandlungen. Danach setzte der Chef eine feierliche Miene auf und zog den Arbeitsvertrag hervor. Zwei Unterschriften und zwei Händedrücke später tanzte Birgit vor Freude über den Flur.

„Ich habe ihn!", rief sie, als sie das Büro betrat und wedelte mit dem Arbeitsvertrag in der Luft. Danach folgte eine Umarmung von Veronika, der sich alle Kollegen anschlossen. „Auf gute Zusammenarbeit!", sagte Robby zum Schluss. Dann brachte die Sekretärin noch einen Umschlag für sie und Veronika.

Manchmal war der Chef schon etwas vergesslich, aber der Vertrag war nun sicher. Und unbefristet! Auch das Gehalt konnte sich durchaus sehen lassen. Alles würde gut werden!

35. Kapitel

In letzter Konsequenz

Hans saß zwar im Bus, aber nicht vorn, sondern eine Bankreihe weiter hinten. Er wollte Birgit ja mit etwas überraschen und dazu hatte er einen kleinen Ring gekauft. Die letzten beiden Tage hatte sein Herz immer mehr die Kontrolle übernommen und er wusste nun, dass er diese Frau nie im Leben wieder loslassen würde. Es war eigentlich nur die letzte Konsequenz, der er sich nun noch stellen musste. Sein Herz klopfte bis zum Hals. Alles das, was er bei seiner Frau falsch gemacht hatte, das würde er nun bei Birgit anders machen. Hoffentlich auch besser!

Er würde um sie kämpfen und sie verwöhnen. Die Fahrt kam ihm so unendlich lange vor. Aufgeregt griff er in die Tasche und spürte darin die Schachtel. Was würde sie sagen?

Endlich bog der Bus um die Kurve und schon von weitem sah er sie an der Haltestelle stehen. Die Fahrzeugtür öffnete sich und er sah ihr enttäuschtes Gesicht, als sie den Bus betrat und er nicht hinter dem Lenkrad saß. Dann sah sie ihn und begann zu strahlen. Ein langer Kuss folgte. „Ich habe ihn!", sagte sie und zeigte den Stapel Papiere, der sich in ihre Handtasche befand. „Ich habe nicht an dir gezweifelt!", entgegnete Hans und küsste sie erneut, dann zog er sie auf den Platz neben sich.

Birgit lehnte sich an ihn an und es fühlte sich gut an. Durch ihre Nähe angespornt fragte er sie „Wenn du möchtest, dann könnte ich bei dir einziehen. Dann wären wir jede Minute beisammen!" Wie würde sie reagieren? Sorgenvoll sah er in ihr Gesicht.

„Ja. Das möchte ich!", entgegnete sie und ihm fiel ein Stein vom Herzen. So ermutigt griff er in die Tasche und zog die kleine Schachtel hervor. „Da ist noch etwas, was ich dich fragen möchte", brachte er nur heraus und klappte die Schachtel auf. Birgit sah den kleinen Ring und sie hatte Tränen in den Augen. Ohne dass er sie weiter gefragt hatte, sagte sie sofort „Ja! Ich möchte für immer mit dir zusammenleben!" Ein neuer Kuss folgte.

Das Gejohle von ein paar Jugendlichen und das Klatschen der anderen Fahrgäste waren wie

Musik in seinen Ohren. Sie hatte zugestimmt. Alles würde gut werden.

Den Rest der Heimfahrt strahlte sie ihn nur an. Immer wieder küssten sie sich. In der beginnen Dämmerung schmiegte sie sich auf dem Platz immer fester an ihn an.

Als sie an der Haltestelle ausstiegen, nahm er ihren Koffer und sie gingen Hand in Hand zu dem Haus hinüber. Dort blieben sie vor dem Eingang stehen. Küssend, wie verliebte Teenager. Es dauerte eine Weile, bevor sie fragte „Kommst du noch mit hoch?" „Ich dachte schon, du fragst mich nicht", entgegnete Hans lächelnd.

Ein neuer, noch viel stürmischer Kuss folgte und er spürte, wie sie sich an ihn presste. „Ach übrigens, Peter schläft heute Nacht bei Greta. Du hast also sturmfreie Bude!", setzte er hinzu. „Du Schlingel!", sagte sie lachend. Dann schloss sie die Tür auf und sie liefen gemeinsam zur Wohnung nach oben.

36. Kapitel

Tage und Nächte

Seine Finger streichelten ihre Wange. Es schien nicht von dieser Welt zu sein und Birgit konnte keine Bewegung mehr machen. Alles in ihr war erstarrt. So wie auch die Zeit erstarrt zu sein schien. Langsam glitten seine Hände an ihrer Wange herab und streiften ihren Hals. Wie in einem inneren Zwang musste sie sich seinen Fingern entgegen drücken. Ihre Blicke verschmolzen. Weder er noch sie konnten den Blick voneinander abwenden.

Ein Kribbeln auf ihrer Haut folgte seinen Berührungen. Knopf für Knopf öffnete er ihr die Bluse und wenig später rutschte das Kleidungsstück über ihre Schultern zu Boden. Der BH folgte. Ein warmes Gefühl puren Glücks begann durch ihren Bauch zu strömen und ging von dort aus auf die Reise. Wenige Wimpernschläge später konnte sie es überall in ihrem Körper spüren.

Heiß durchrollte sie diese Welle. Als seine Hände zu ihrer Brust glitten, hörte sie ein piepsendes Geräusch, welches immer lauter wurde. „Nicht jetzt!", schrien ihre Gedanken, doch der

Mann löste sich kurz von ihr, schaltete sein Handy aus und kam zu ihr zurück.

Seine suchenden Finger tasteten sich zum Reißverschluss des Rockes auf ihrer Rückseite und befreiten sie auch von diesem Kleidungsstück. Nur im Slip hob er sie auf seine Arme und trug sie zum Bett. Als Hans sie dort ablegte, hob sie kurz den Hintern, damit er ihr auch das letzte Stückchen Stoff vom Körper streifen konnte.

Willig nahm sie den Mann in ihrem Körper auf. Zuerst seine Finger, dann seinen Penis. Sie drückte sich ihm entgegen und flüsterte „Bitte komm in mir!" Alles in ihr sehnte sich nach dieser Vereinigung. Wie in Ekstase schoben sich die zwei nackten Menschen immer schneller gegeneinander. Birgit verschränkte ihre Beine hinter dem Hintern des Mannes, um ihn nicht mehr aus sich herauszulassen.

Die Welle der Lust durchrollte ihren Körper. Mit einem Stöhnen ergoss sich der Mann tief in ihr und setzte mit seinem Pulsieren diese Vibrationen in ihrem Leib frei, mit denen auch sie schreiend zum Höhepunkt kommen konnte. Ihre Finger krallten sich in das Laken und sie warf sich hin und her. Immer neue Wellen durchliefen ihren Körper. Es schien kein Ende zu nehmen.

Zur Ruhe gekommen hörte sie Hans neben sich schnarchen. Ihre Gedanken flogen zu diesen letzten vier Wochen. Der Arbeitsvertrag lag noch auf dem Tisch und sie konnte die Blätter im Schein der Nachttischlampe sehen. Dieses Praktikum hatte so vieles in ihr verändert. Vor allem hatte sie Hans dabei getroffen.

Am Abend, auf der Heimfahrt, hatte er ihr einen Heiratsantrag gemacht. Sobald seine Scheidung durch war, würden sie heiraten. Glücklich kuschelte sie sich an die Brust des Mannes. Noch immer fühlte sie das Pulsieren in ihrem Inneren und es war der Beginn von etwas neuem. Zwar hatte sie nicht mit ihm darüber geredet, aber wie er sich um Peter gekümmert hatte, das hatte ihr gezeigt, dass auch er Kinder wollte.

Vielleicht hatte das ja nun schon geklappt und wenn nicht, so blieben noch so viele Tage und Nächte übrig, in denen sie in seinen Armen ruhen würde. Eine richtige kleine Familie, das wünschte sie sich mit Hans.

An ihn gekuschelt schlief sie ein. Dieses Praktikum war kein Traum gewesen. Das nun folgende Leben konnte aber schöner als jeder Traum werden und Birgit war einfach nur glücklich.

ENDE

Von Uwe Goeritz im Verlag BoD (Books on Demand, Norderstedt) ebenfalls erschienene Bücher:

„Cecilia im Bann der Liebe"
ISBN lautet: 978-3-7392-4583-6
Altersempfehlung: ab 16 Jahre

„Was ist Liebe und warum kann sie uns in ihren Bann ziehen? Kann Mann oder Frau das mit dem Kopf entscheiden? Oder ist da eine rationale Entscheidung völlig unnütz? Cecilia, die Heldin dieser Geschichte, beginnt ihrem Kopf zu folgen, wo sie ihrem Herz hätte folgen sollen.

Gibt es für sie die Chance, diese Entscheidung zu revidieren? Oder bleibt sie allein und unglücklich zurück?"

112 Seiten für 6,49 Euro

„Für Immer an deiner Seite"
Die ISBN lautet: 978-3-7412-8407-6
Altersempfehlung: ab 16 Jahre

„Eine junge Frau schaut sich um und blickt zurück auf ihr Leben. „Wann ist die Liebe eigentlich erloschen?" fragt sich Maria, die Heldin dieser Geschichte. Im täglichen Kleinklein des Lebens hat sie sich viel zu weit von ihrem Mann entfernt. Oder er sich von ihr? Gibt es noch eine Chance?

Ist noch etwas Glut unter der Asche ihrer Liebe und kann der Wind der Veränderung die Flamme ihrer Liebe neu entflammen? Oder verweht der letzte Funken für immer und es beginnt ein neues Leben? Mit einem anderen?"

112 Seiten für 6,49 Euro

„Die Liebe ist (k)ein Ponyhof"
Die ISBN lautet: 978-3-7412-7920-1
Altersempfehlung: ab 16 Jahre

„Manchmal geht es in der Liebe zu wie in einem Ponyhof. Zwei Treffen sich und trennen sich wieder, oder sie bleiben zusammen für immer und bilden eine kleine Familie. Ramona, die Heldin dieser Geschichte, liebt ihr Pflegepferd Rodrigo über alles.

Außer ihm hat sie keine Freunde, weder auf Arbeit noch privat klappt es bei ihr.

Durch Rodrigo ist sie mit der Welt verbunden und durch den Hengst findet sie ihr Glück. Im Ponyhof und auch in der Welt."

116 Seiten für 6,49 Euro

„Griechische Küsse"
Die ISBN lautet: 978-3-7448-7274-4
Altersempfehlung: ab 16 Jahre

„War ihr ganzes bisheriges Leben eine einzige Lüge? Diese Frage stellt sich Jette, die Heldin dieser Geschichte. Nach dem Tod ihrer Mutter findet sie Hinweise darauf, dass die Geschichten, die ihr die Mutter über ihren Vater erzählt hatte, so nicht ganz stimmten.

Sie macht sich auf die Suche nach ihm und beginnt eine Reise, auf den Spuren der Mutter, in eine Zeit, in der ihr Leben einst begann. Auf Kreta stolpert sie Grigori in die Arme und es scheint so, als ob die Geschichte ihres Lebens vollkommen neu geschrieben wird. Oder doch nicht? Macht sie die Fehler ihrer Mutter ebenfalls? Wiederholt sich die Geschichte?"

116 Seiten für 6,49 Euro

„Liebe hinter Klostermauern"
Die ISBN lautet: 978-3-7448-8973-5
Altersempfehlung: ab 16 Jahre

„Ein Leben wie im Kloster? Wollte sie das wirklich? Das fragt sich Karla, die Heldin dieser Geschichte, als sie auf Drängen ihrer Eltern in eine Hauswirtschaftsschule gehen muss, die sich in einem Kloster befindet. Doch dort lernt sie Rebecca kennen und verliebt sich in die gleichaltrige Frau.

Kann das gut gehen oder verstößt sie damit zu sehr gegen die Konventionen des Klosters und der Welt? Bleibt sie alleine zurück oder findet sie doch noch ihr Glück?"

120 Seiten für 6,49 Euro

„Ein Pflaster für die Seele"
Die ISBN lautet: 978-3-7460-7947-9
Altersempfehlung: ab 16 Jahre

„ „Bloß keinen Arztroman." denkt sich Luisa, die Heldin dieser Geschichte, und ist doch schon mitten drin. Oder etwa nicht? Doktor Peters scheint genau ihr Fall zu sein. Wäre sie doch nicht so schüchtern und könnte auf ihn zu gehen. So bleibt ihr nur, in seinem Vorzimmer zu sitzen und auf den Blick seiner Augen zu warten. Gibt es da für sie die Hoffnung auf ein Happy End? Oder eher nicht?"

112 Seiten für 6,49 Euro

„Das Tor zum Paradies"
Die ISBN lautet: 978-3-7528-5837-2
Altersempfehlung: ab 16 Jahre

„Drei junge Frauen verbringen den Urlaub gemeinsam. Sie sind Freundinnen und obwohl sie nicht auf der Suche nach dem Glück sind, finden sie es dennoch. Eine jede von ihnen anders, einzigartig und genau so, wie sie es sich schon immer, vielleicht ohne es zu wissen, gewünscht hat.

Geben sie ihrer Liebe eine Chance? Oder fahren sie, nach einem Urlaubsflirt, wieder alleine nach Hause?"

124 Seiten für 6,49 Euro

„Ein Kater rettet das Weihnachtsfest"

Die ISBN lautet: 978-3-7481-2863-2
Altersempfehlung: ab 16 Jahre

„Ihr ganzes Leben scheint in Scherben gebrochen zu sein. Kurz vor Weihnachten sitzt Karo in ihrer Wohnung und heult sich ihre Seele aus dem Leib. Alles kommt ihr so sinnlos vor. Doch dann klopft ein kleiner Kater an ihr Fenster und wirbelt ihr ganzes Dasein durcheinander.

Wird es vielleicht doch noch ein schönes Weihnachtsfest für die junge Frau?"

236 Seiten für 8,49 Euro

„Aurelia - Geliebter Engel"

Die ISBN lautet: 978-3-7494-5128-9
Altersempfehlung: ab 16 Jahre

„Aurelia ist seit über zweitausend Jahren als Engel der Liebe auf der Erde unterwegs. Viele Liebespaare hat sie schon mit ihren Pfeilen für immer aneinander gebunden. Doch diese neue Mission wird eine ganz besondere Erfahrung für sie.

Der Engel trifft auf eine Dämonin, die das Weltbild von Aurelia ins Wanken bringt. Warum kann sie selbst keine Liebe empfinden? Gemeinsam machen sie sich auf die Suche nach der Liebe, aber wird das vielleicht ihren Auftrag gefährden? Zumindest mischen die beiden unterschiedlichen Wesen die Stadt ziemlich auf und auch die Liebe kommt dabei nicht zu kurz."

244 Seiten für 8,49 Euro

„Sieben Nächte im Paradies"
Die ISBN lautet: 978-3-7347-6647-3
Altersempfehlung: ab 16 Jahre

„Als Kind hatte Jasmin das Buch „Robinson Crusoe"
geliebt, aber da hatte sie auch noch nicht gewusst, dass es
sie an einem Freitag auf eine unbewohnte griechische Insel
im Mittelmeer verschlagen würde und ihr Robinson ihr
dermaßen unsympathisch sein würde, dass sie schreiend
davon laufen könnte. Aber die Insel ist eben nicht groß
genug dafür.

Kann sie noch gerettet werden, bevor sie und der Mann
sich gegenseitig an den Hals gehen? Oder beginnt in der
Abgeschiedenheit etwas ganz anderes?"

244 Seiten für 8,49 Euro

„Drei verrückte Weihnachtswünsche"
Die ISBN lautet: 978-3-7494-8575-8
Altersempfehlung: ab 16 Jahre

„Das Schicksal führt drei Menschen in einer einge-
schneiten Almhütte zusammen. Michael und seine Tochter
treffen auf Barbara. Jeder der drei Menschen hat einen
besonderen Wunsch zu Weihnachten und bis zum Fest ist
es nur noch eine Woche. Während Barbara das Glück der
verlorenen Kindheit wiederfinden will, will Michael nur
seine Ruhe haben und etwas Zeit mit seiner Tochter Leonie
verbringen, bevor diese in die Schule kommen wird. Leonie
hingegen hatte sich eine neue Mutter gewünscht.

Werden alle Wünsche wahr werden können? Oder sind
diese drei Wünsche eigentlich nur ein einziger, gemeinsa-
mer Wunsch?"

172 Seiten für 6,49 Euro

Aktuelle Informationen und Neuerscheinungen
finden sie immer im Internet unter:

www.Goeritz-Netz.de